書下ろし

横浜コインランドリー

泉ゆたか

祥伝社文庫

CONTENTS

第1章 ⚓ コインランドリー

1

ポチッ。

…………。

ん？

もう一度、ポチッ。

「嘘(うそ)っ⁉」

ポチッ、ポチポチポチ……。

何度もボタンを押してみた。電源は入っているがスタートボタンだけが反応しない。コンセントを抜いて、もう一度差し、再度スタートボタンを押してみた。

洗濯機はうんともすんとも言わない。

これはもう間違いなく壊れている、と認めざるを得ないと気付いたとき、

「……最悪だ」

中島茜（なかじまあかね）の口から悲観的な言葉が漏（も）れた。

自宅マンションの洗面所兼脱衣所に置いた洗濯機の前で、膝（ひざ）を抱えてしゃがみ込む。

よりにもよって、どうして今なの⁉

何もしたくない、外にも出たくない、今このときなの！

「お願い、嘘って言って……」

目の前で知らんぷりを続ける洗濯機に向かって話しかける。

新卒であの不動産会社に入社したときに買った、丸いガラスドアが特徴的なドラム式洗濯乾燥機だ。

ぜんぜん聞いたことがないメーカーの、さらに型落ちということで安売りしていたものだ。それでも新社会人にとっては目玉が飛び出るくらい高かった。

これからは、今までとは比べ物にならないくらい〝忙しい〟日々が始まるとわかっていた。だから両親からもらった就職祝いで、コースを選んでスタートボタンひとつ押せばすべてが完了する洗濯乾燥機を買ったのだ。

あの頃の私は、〝忙しい〟という言葉の意味がわかっていなかった。ひとときもほっとする暇がなく常に〝忙しい〟ことが、こんなに人の心を真っ黒に汚してしまうなんて、少しも知らなかったのだ。

洗濯機のガラスドアを開けた。

裏側のゴムパッキンに、乾いた埃が溜まっていた。

取り除こうとしてみたけれど、埃はかちかちに固まってしまっていてうまく取れない。

電源は入るのにスタートボタンだけが反応しない状態なんだから、今さらこんな細かいところを掃除しても意味がないことはわかっていた。

この洗濯機、正確には洗濯乾燥機は三年間使った。

家電の寿命はだいたい十年くらいだと聞いたことがあるので、いくらなんでも経年劣化で壊れるには早すぎる。それとも、ひどい使い方をしてしまったのだろうか。

この三年間の記憶を遡ろうとしても何も思い出せない。家には寝に帰るだけだった。仕事が休みの日も、この部屋で過ごした時間のことは、靄に包まれたようにぼんやりしている。

不動産業界の超繁忙期である三月初旬に、後先考えずに会社を辞めてから半月が経つ。

この半月は一歩も外に出ず、食事はウーバーイーツで済ませて、朝から晩までベッドの上でスマホの動画を眺め続けていた。

これから先どうしたらいいのか見当さえつかなかった。

埼玉から北海道にUターンした実家の両親にも、女子校時代を一緒に過ごした幼馴染みにも、誰にも連絡を取らずにずっと部屋に引き籠もっていた。

この洗濯物、どうしよう?

せっかくほんの少しだけ、「このままじゃいけない」となんとかほんの少しだけ元気を絞り出して洗濯をしようと思ったところなのに。

洗濯カゴの中には、脱ぎ捨てたままの洗濯物が溜まっていた。自分の脱け殻を眺めているような気分になる。どこまでも気持ちが沈む。

「コインランドリーだ。コインランドリーに行こう」

しばらくの間、思う存分絶望してから、どうにか顔を上げた。

スマホを操作して、地図アプリで近所のコインランドリーを検索した。

このマンションのある元町・中華街駅へ向かう道から左に折れた坂道に、コインランドリーの表示が出た。

地図アプリの画面には、コインランドリーの写真も表示されている。

《横浜コインランドリー》という店名の、最後の《ー》が剥がれ落ちたボロボロの看板が掛かったレンガ造りの建物。それと薄暗い古びた店内に、巨大なドラム式洗濯機がずらりと並んでいる写真だ。

ここからすぐだ。こんな近くにあったのに、なんで気付かなかったんだろう。

この汚れた洗濯物を抱えてコインランドリーに行って、洗濯と乾燥が終わるまでそこで待って、回収して――。

ああ、すごく面倒くさい。

茜は頭を抱えた。

けれどもう、ここで〝洗濯する〟という第一歩を踏み出さなければ、私はきっとこのまま駄目(だめ)になってしまう。

誰かに助けを求めたいような気分で、ゆっくり周囲を見回す。

しかし、上下ジャージで髪は寝ぐせだらけ、ひどい猫背の〝デカイ〟図体(ずうたい)の女が、萎(しお)れきった様子で洗面台の鏡に映っているだけだった。

茜は持っているバッグの中でいちばん大きな、レスポートサックのハワイ柄のポリエステル製のボストンバッグに洗濯物をすべて詰め込んで、久しぶりに外へ出た。

引き籠もってからずいぶん経つ気がするが、この世界はまだ三月だ。日差しは暖かいのに風は冷たくて、花粉で微かに鼻がむずむずする。

一月から三月の不動産業界は、新年度を前にして大学入学や就職、転勤などでの引っ越し希望者が店に殺到する。毎年この時期は、ほとんど毎日日付が変わるまで残業していた。

太陽の光が眩しかった。サングラスが欲しい。それと大きなマスクと、顔が隠れるような帽子が欲しい。いや、いっそ透明人間になれるマントが欲しい。

そんな気分で、いつもよりもっと背を丸めてできるだけ小さくなって歩いた。

横浜中華街や山下公園、そして山手へと続くこのあたりは、ほんの少し歩くだけでまったく違う顔を見せる不思議な場所だ。

中華街には、炒め物の油の匂いが漂う数えきれない中華料理店。ごちゃごちゃに建て増しをして要塞のようになった個性的なマンション。入口に英語表記の看板だけがあるゲストハウス。強いお香の匂いが流れ出す、なぜかインドっぽい雰囲気の土産物店。花文字を描いたり唐辛子の形のお守りを売ったり、占いをしたりする屋台。

そんな雑然としたエリアから、中華式の派手な門を抜けて海に向かって五分ほど歩くと、大正時代を思わせる豪華な石造りの建物や、戦後にマッカーサーが暮らしたというホテルニューグランドが建ち並び、海沿いには観光客が溢れ返る山下公園エリアがある。

一方、中華街から首都高の高架を挟んだ南西側は、外国人居留地があった時代に、切り立った崖を意味する〝ブラフ〟と呼ばれた高台になっており、その一帯は外国人墓地や教会が並ぶ山手と呼ばれる高級住宅地だ。

横浜コインランドリーは、ちょうどその三つのエリアが混ざり合う渦の中心のようなところにある。

ピン、ポーン。

耳慣れた呑気なチャイムの音に、はっとする。

「いらしゃーいませっ！」

店員の、日本語を使い慣れていない人特有の不思議なアクセントで出迎えられる。

コインランドリーに向かっていたのに、知らぬ間に行きつけのコンビニに入っていた。

ほんの半月前まで、このコンビニに寄ることが仕事帰りのルーティーンだった。

スーパーで買うよりも割高なスナック菓子や、コンビニ限定味のグミ、甘すぎて気持ち悪くなるのがわかっているのにやめられない生クリームだらけのスイーツを、毎日千円近く衝動買いしていた。

店内では恰幅の良い外国人の中年女性がスマホを耳に当てて、なにやら大声で話しながら買い物をしていた。

レジの近くには歩き食べできる肉まんやチキンを買うデート中らしきカップル、生鮮食品コーナーには野菜を選ぶ上品な身なりのお年寄りの姿があった。

久しぶりの外の世界。

情報量の多さに圧倒されながら、慌てて踵を返す。

背後でまた鳴った明るいチャイムの音に、うっと胃が痛くなった。

ぎりぎり朝と呼べる時間の横浜の空は、晴れて青く輝いていた。けれど海から強く吹きつける風は冷たい。

分厚いダウンコートを羽織ってきたけれど、身体が強張る。

え？　ここ？

身を縮めて早足で辿り着いた場所は、スマホで見た外観写真とはずいぶん違っていた。

緩い坂道の途中にある赤いレンガの外壁の古いマンション。写真で見たのと同じ建物だ。

けれどもその一階は、まるでカフェのようなお洒落な空間に改装されていた。

コインランドリーはコンビニの半分くらいの広さで、間口が広く、出入口のある壁は一面ガラス張りで、店内は春の日差しを受けて白く輝いている。

《横浜コインランドリー》の《ー》が消えていた看板は、《ヨコハマコインランドリー》と黒い文字で書かれた小さなものに変わっている。

恐る恐る中を窺(うかが)う。

店内の奥には巨大なドラム式の洗濯機が並んでいた。クリーム色のプラスチック部分が少し変色した古いものだけれど、綺麗(きれい)に磨(みが)き上げられているのでアンティークとでも呼びたくなるような味がある。

使用中のドラムの中では洗濯物が宙を舞っていた。

道に面したガラスの壁際には、五人ほどが並んで座れるサイズのカウンターテーブルが造り付けられ、店の真ん中には洗濯物を仕分けするための作業台があった。

カウンターテーブルではアディダスのパーカー姿の三十代らしき男性が、アップルのマークが燦然(さんぜん)と輝くノートパソコンを開いて難しい顔をしていた。

パーカーにスニーカーというユルい服装なのに、同じような茜の格好とは違ってすごくお洒落に見えた。きちんとワックスをつけて髪型をセットしているからかもしれない。

「……ここはやめとこう」

ガラスに、寝ぐせだらけの髪を後ろに雑にまとめて、ノーメイクで部屋着のジャージの上にダウンコートを羽織っただけの自分の姿が映っていた。

コインランドリーに背を向けたそのとき、

「おはようございます。何かお手伝いできることはありますか?」

開いた自動ドアの中から朗らかな声を掛けられた。

ドラムが回る音。そして微かにいい匂いが漂った。甘い花のような匂いだ。けれども香水ほど華やかではない、もっとずっと優しい匂い。石鹸の匂いだ。

現れたのはデニム地のエプロンをした華奢な女の人だった。

——何かお手伝いできることはありますか?

なにげない接客の言葉。なのに茜の胸に迫った。

お手伝いして欲しいこと。

私の人生。これからどうなるか何も見えない人生。

ほんの少しの間でいいから、誰かに手を取って歩いてもらいたかった。

もう一度この世界を、自分の力で生きていく方法を教えて欲しかった。

この人が、そんな深い意味のあることを言おうとしたわけではないことくらいもちろんわかっている。

ただの「いらっしゃいませ」代わりの挨拶だ。

そうわかっているはずなのに、鼻の奥で涙の味がした。

彼女はまっすぐにこちらを見上げている。

茜より頭ひとつ分、背が低い。

眉より上で短く切り揃えた前髪に、セミロングの髪をおくれ毛が一切出ないように後ろで結んでいた。

化粧っ気のない顔。黒目がちな丸い目に長い睫毛、色白の頰にそばかすがいくつか見える。年齢は三十代前半くらいだろう。

まるで少女のように可愛らしいけれど、視線はまっすぐで凛とした大人の落ち着きがある。洗いたての真っ白な洗濯物のように、清潔感のある人だった。

「い、いえ……」

どう答えたらいいのかわからず、思わず膨らんだボストンバッグに目を落としてしまう。

彼女の視線もしっかりボストンバッグに向かった。

「コインランドリーを利用するのは初めてですか？　私はここの店長の新井真奈と申します。もしよろしければ、使い方の説明をさせてください」

真奈と名乗ったその人は、笑顔で茜を店内に招き入れた。

「え、えっと、はい」

逃げ帰るわけにもいかず、茜は店内に一歩足を踏み入れた。

あれ？

洗剤の匂いと乾燥機の放つ熱。

それに加えて、コーヒーのいい香りが漂っていた。

「洗濯が終わるのを待っていただいている間に、百円で何杯でもコーヒーが飲めます。Wi-Fi（ワイファイ）も完備していますので、ゆっくり過ごしていただけます」

カウンターテーブルでアップルのノートパソコンと向き合っていた男性にちらりと目を向けてみた。プラスチックの蓋（ふた）が付いた紙コップのコーヒーを口に運んでいる。

自動ドアを入ってすぐのところには、バックヤードに続く受付のようなカウンターがある。そこにシルバーのボディが光る、コーヒーメーカーが置いてあった。

「使い方はとても簡単です。洗濯機に洗濯物を入れて、あとはお金を入れるだけです。自動で洗剤の量を調節して仕上げてくれるんです。こちらが洗濯機、こちらが乾燥機、そしてこちらが洗濯乾燥機。あちらには特別な洗濯物用の洗濯乾燥機と、そしてご自由に使っていただける流しがあります」

真奈が手で示しながらてきぱきと教えてくれる。

洗濯機も、乾燥機も、洗濯乾燥機も、機械自体の見た目はほとんど変わらない。

ただ、洗濯機には四百円、乾燥機には十分百円、洗濯乾燥機には七百円、とそれぞれ別の値段が表示されていた。

洗濯機と乾燥機は六台ずつ。洗濯乾燥機は四台。

奥には人間がひとり軽々入ることができそうな大型の洗濯乾燥機と靴専用の縦型洗濯乾燥機、そして学校の実験室にあるような磨き上げられたシンクがあった。

半分以上が使用中だ。今まさに洗濯物が中で舞っているものもあれば、使用中ランプが消えて、ガラスドアの向こうに洗い終わった洗濯物が積み重なっているものもあった。

壁の時計に目を向けると十時になっていた。

この時間帯が混んでいるのか、それとも空(す)いているのかはよくわからない。

今日は壊れたドラム式洗濯乾燥機の代わりを求めて、ここへ来たのだ。

「それじゃあ、洗濯乾燥機を使わせてください」

「はい、承知いたしました。あっ……」

真奈の顔が曇(くも)った。

「すみません、今、洗濯乾燥機はすべて使用中でした」

もう一度確かめるように、真奈は腰を屈(かが)めて四台の洗濯乾燥機を覗(のぞ)き込んだ。

四台のうち三台は、使用中のランプが灯(とも)っていた。

使用中ランプが消えている一台のハンドル部分には、古びたドン・キホーテの黄色いレジ袋が雑に結びつけてある。

店長さんの権限で、放置された洗濯物を取り出してくれないかなと、ちょっと期待したけれど、真奈はすまなそうに、

「ごめんなさい。今日は洗濯と乾燥、別でお願いいたします」

と頭を下げた。

「――あ、はい」

どきん、と胸が鳴った。一瞬、身体が強張る。

「こちらにどうぞ。あ、両替機はあちらにありますのでご自由にお使いください」

真奈がカウンターに戻ると、空(あ)いている洗濯機に洗濯物を入れた。

分厚く丸いガラスドアが閉まっているか確かめて、偶然財布に多めに入っていた百円玉を四枚入れる。

四枚目の百円玉が落ちた瞬間、洗濯機ははっと目覚めたように動き出した。

2

「挨拶の声が小さいんだよ！　デカイ図体してなんなんだよそれ！」

「はいっ！　すみません！　ご指導ありがとうございますっ！」

入社初日に店長から鬼のように恐ろしい顔で怒鳴られ、今まで出したことがないような大声で勢いよく頭を下げたあの瞬間から、これは絶対におかしいと思っていた。

けれど一方で、社会人として働くというのは、それどころか今の状況に適応できないのは、自分に足りないところがあるからだと思い込んでしまった。

小さい頃から、スポーツも勉強も少しも得意ではなかった。

両親の勧めで中学受験をして、のんびりした雰囲気の私立の中高一貫女子校に通い、大学受験をそれなりに頑張って、さほど偏差値は高くないが都内の私大に進学した。

サークル活動で人をまとめた経験があるわけでもなく、世界一周をするバイタリティがあるわけでもない。たくさんの人の中で光る社交性があるわけでもなければ、ひとりで何でもできる強さがあるわけでもない。

そんなこれといった取り柄のない学生だったせいか、就活はうまくいかず日々不安が募った。

そんなときにあの不動産会社に「ぜひうちに来てください！」と内定をもらえて、喜んで入社を決めた。

茜が入社した不動産会社は、関東一円に支店を持つそこそこ大きな会社だった。配属された横浜支店は、横浜駅西口から徒歩でほんの五分ほどの、灰色の水が流れる大きな川沿いにあった。

実は横浜駅周辺は、大きな駅ビルや地下街などの商業施設や飲食店が集まる普通の繁華街で、県外の人が〝横浜〟という言葉で思い描く、海や港や異国情緒溢れる雰囲気はまったく感じられない。横浜駅は、ＪＲ、私鉄、地下鉄の各線が乗り入れる、雑然としたターミナル駅だ。

入社一年目からほぼ休みがないくらい忙しかった。年齢や経験は関係なく、常に成果を求められた。

営業職というのは本来、誠実で他人に気配りができ、優良な顧客と長期の信頼関係を築く、というのが理想形のはずだ。だが、その会社では強引な営業力ばかり求められた。

そのせいだろう、職場の離職率は凄まじかった。

同じ支店に配属された同期入社の三人のうちひとりは、入社からわずか一月余りのゴールデンウィーク明けから出社しなくなった。もうひとりは、一年目が終わるころに家族にも行き先を告げずにいきなり失踪して大騒ぎになった後、父親が代わりに退職の手続きにやってきた。

その間にも、かなりの古株だった人が張り詰めた糸が切れるようにいきなり辞めたり、中途採用された人が初日に辞めたりした。

周りの人も皆、自分のことで精一杯で、仕事のことで相談したり、頼れる人は誰もいなかった。孤独だった。

人が辞めるたびに、入社したばかりの茜がやらねばならない仕事は増えていった。

入社半年で〝副店長〟の肩書きの名刺を持つようになったときは、何かの冗談かと思った。

何の実績もなく、事務作業さえろくに覚えきれていない私が〝副店長〟だなんて、絶対におかしい。

それなのに、その肩書きをほんの少しだけ嬉しいと思ってしまう自分もいた。

名刺を差し出すときの、お客さんの、ほう、という顔。こんなに若いのに、と見直すような顔。

実力も経験もまったく伴っていないのは、自分がいちばんわかっていた。でもそんな思いとは裏腹に、にやりとほくそ笑むような嫌な喜びが胸に広がった。ほんとうは怖くてたまらなかったのに。

先のことなんて考えられなかった。とにかく強引な営業でも何でもして、契約を取って数字を上げなくてはいけなかった。それしかなかった。

知らない土地で部屋を借りようとする人たちは、とても心細そうに見えた。

そんな人たちが疲労困憊するまで「オススメ物件」に連れ回し、いもしない他の申し込み者に先に取られてしまいそうだと不安を煽り立てて、契約まで持ち込む。

入居した後に何か問題が起きても、うちは仲介しただけで管理会社ではないので、と悪徳業者のような対応をしてたらい回しにするのがお決まりだった。

ふと息がつけたときには、こんなことは絶対におかしい、と抗議の声を上げたかった。でも毎日遅くまで残業してろくに休みも取れず、常に店長の怒鳴り声を聞かされているうちに、頭の中が真っ白になり何も考えられなくなってしまった。

「エントランスのオートロックは必須でお願いします」

「日当たりを重視したいので、南向きで探したいんです」

「狭くてもいいので、駅から近い物件を」

そんなふうに至って普通の希望条件を言っているだけの人を前に、お願いだからこれ以上私の仕事を増やさないで、と泣きそうになった。

「この物件、絶対あいつに契約させろよ。わかってんな？」

そんなときに店長に低い声で念押しされると、逆らうことができなかった。

気弱そうな人に希望に合わない物件や人気のない物件を押し付けて、とにかく数字を上げ続けるだけの、地獄のような日々だった。

「よう、プロ、よくやったな！」

店長は、茜が契約を取ると笑顔で〝プロ〟と呼んだ。

女子プロレスラー、という意味のあだ名だ。

茜の身長は一七六センチあった。

毎晩コンビニで甘いものを買って食べる不規則な暮らしで、少しずつ太ってしまっている自覚はあった。だが肥満指数を表すＢＭＩではまったく問題ない標準体重の範囲内だ。

けれど茜の身体は、同じくらいの身長の男性よりひと回り大きく見えた。

「この体格なら、女子プロレスに入るべきだったたな」

「学生時代に運動やってないの？　ええっ！　なんで、なんで、ウケるんだけど！」

「お前、男だったらよかったのにな」

こんな調子で茜の外見は常に笑いのネタだった。

「お前の場合は、セクハラとか心配しなくていいからいいよな」

「ええ、そこんところは大丈夫です！　任せてください！」

わざと乱暴な仕草でどんっと胸を叩いてみせて、男性客と二人きりで夜の物件の内見にも何度も行った。

でも、ほんとうは部屋に電気が通っていない風呂なしのぼろぼろのアパートで、挙動不審な男性客と一緒に懐中電灯のライトを頼りに部屋の内見をするのはすごく怖かった。社用車で案内をしているときに、「俺、デカイ女もありなんだよね」とだらしない口調で言われると、悔しくて泣きたくなった。

「よろしければ、コーヒーをどうぞ。はじめましてのご来店の方にはサービスです」

声を掛けられて、はっと我に返る。

真奈が笑顔で蓋つきの紙コップを差し出した。

洗濯機を覗き込んだまま、しばらくぼんやりしてしまっていたのだ。

「ありがとうございます」

お礼を言って、近くにあったキャスター付きの丸椅子に腰掛けた。

蓋の小さな飲み口からコーヒーのいい香りが漂う。紙コップの熱さからすると、きっと今急いで飲もうとしたら口の中を火傷する。

茜は表面がざらざらした厚手の紙コップを、そっと掌で包んだ。

温もりが全身に伝わるようだった。

「洗濯機が回っているのって面白いですよね。私もときどき、ずっと見ていたくなります」

真奈が少し離れたところから洗濯機を見つめた。

ガラスドア一面に勢いよくシャワーのように水が掛かる。

それから真っ白な泡が飛び散って、茜の洗濯物が洗われていく。モーターがうなる音。洗濯物が回る音。時折、真夏の夕立のような激しい音を立てて水が躍る。

しばらくするとドラムが止まり、今度はすすぎモードに入ったようだ。

「すごく泡立っていたのに、洗剤の匂いってそんなに強くないんですね」

鼻を動かしてみた。

「できるだけ匂いが少ないものを使っています。うちのコインランドリーではお客さまが好みの洗剤を選ぶことができないので」

真奈が頷きながら答え、続ける。

「乾燥機をかけると、微かに石鹼の匂いがして、洗濯物がふわふわになって、すごく気持ちがいですよ」

――すごく気持ちがいい、か。

真奈に微笑みかけようとしたら、ぽろりと一粒、涙が落ちた。

「あ、やだ、嘘、すみません」

慌てて顔を背けて、咳(せ)き込んだふりをしてみせた。

「大丈夫ですか？　お水をお持ちしましょうか？」

真奈が心配そうに言う。

「ぜんぜん平気です。ありがとうございます。コーヒーいただきますね」

笑顔で誤魔化しながら、コーヒーを一口飲んだ。

酸味がほとんどなくてまろやかなのに苦味がちゃんとあって、小さい頃に祖母と食べた麦焦(むぎこ)がしのような香りが鼻に抜けた。

ほっと息を吐く。

久しぶりに何かを美味(おい)しいと思えた。

ふわふわになって微かに洗剤の匂いがする洗濯物が出来上がるのが、楽しみになってきた。

ふと、窓の外に目を向ける。

息が止まった。

見覚えのある顔が通りを歩いていた。

茜より少し年上の、気弱そうな八の字眉毛の男の人。

――岡本(おかもと)さん……。

一年ほど前に、茜が物件の紹介を担当したお客さんだ。

仕事は派遣のシステムエンジニアだった。それまでの職場が丸の内(まるのうち)だったので千葉県の実家で暮らしていたけれど、これから数年、新横浜(しんよこはま)の会社に派遣されることになったのをきっかけに、ひとり暮らしを始めた人だった。

日当たりの良い部屋を希望していた。

それ以外は特に条件はありません、といかにも気弱そうな困り顔で笑っていた。

だからこれ幸いと、いつまでも入居者が決まらずオーナーに嫌みを言われてばかりいた、駅から遠くて狭くて古くてそこまで家賃が安いわけでもないエレベーターなしの四階、という不人気物件を押し付けたのだ。

岡本さんは茜にはまったく気付いていない様子で、店の前の道を通り過ぎて行った。

――どうして岡本さんがここに。

そのとき、明るい電子音が鳴った。

「あ、終わりましたね。それでは次は乾燥機に……」

「すみません、やっぱり帰ります」

茜は慌てて立ち上がった。一刻も早く家に帰りたかった。

「急用を思い出したんです。洗濯物は家で干します。コーヒー、ごちそうさまでした」

身体を縮こまらせるようにしてドラムの中に肩口まで突っ込み、脱水で絡まったままの洗濯物を取り出してボストンバッグに放り込む。

「そうですか、わかりました」

茜の態度が急に変わったことに驚く素振りを見せることもなく、真奈は落ち着いた口調で、

「またいつでもいらしてくださいね、お待ちしています」

と笑顔を向けた。

マンションに戻り玄関ドアを開けると、つけっぱなしにしていたエアコンの乾いた風が押し寄せた。

ボストンバッグを肩から下ろす。

濡れた洗濯物が詰め込まれたボストンバッグはずしりと重かった。

洗濯物はきちんと脱水されてはいた。でも防水機能のないバッグからはわずかな水が染(し)み出して、ジーンズの太股(ふともも)あたりが濡れてしまった。

濡れた洗濯物をそのままにしておくと、雑菌が湧(わ)いて嫌なにおいの元になってしまうはずだ。部屋干し用洗剤のＣＭでそう言っていた。

――早く干さなくちゃ。

今までは洗濯乾燥機に洗濯物を放り込んで、スタートボタンを押せばすべて終わっていた。だからベランダに物干し竿(ざお)も置いていないし、洗濯ばさみがたくさんついた角ハンガーもない。

仕方ないのでクローゼットからハンガーを取り出して、それに洗濯物を掛けた。

シャツやタオルはもちろんのこと、靴下や下着といった細々(こまごま)したものはまさに引っ掛けただけの危なっかしい感じだ。

それをユニットバスのカーテンレールに干して、ついでにボストンバッグもぶら下げて、換気扇のスイッチを入れた。

これで何とか乾いてくれるだろう。

ひと仕事終えたら、大きなため息が出た。

部屋の中は埃っぽかった。

ゴキブリが出るのが何より怖いので、食べ残したお菓子や飲みかけのペットボトルを放置しているようなことはない。

でも床には季節外れの服が積み上げられ、ローテーブルの上には働いていたときに使っていた化粧品が出しっぱなしで、散らかっていた。

部屋の中を見ないようにしてベッドに潜り込む。

「……やっぱり最悪」

口から零(こぼ)れ落ちたのは、朝と同じ悲観的な言葉だった。

まさに洗濯を終えたあのタイミングで、前の職場のお客さんの姿を見かけてしまうなんて。

洗濯物を乾燥機に移した後だったならば、あの場に留(とど)まらざるを得なかった。そうなっていたら、大きく深呼吸をして気持ちを切り替えて、コーヒーを最後までゆっくり飲んで、何事もなかったようにやり過ごすことだってできたはずなのに。

先ほど目にした光景が脳裏(のうり)を過(よぎ)る。

大丈夫。岡本さんは不幸そうでもない、至って普通の雰囲気であのコインランドリーの前の道を歩いていた。

入居した後だって何も苦情は言ってこなかったし、すぐに転居することもなかった。きっと、茜のことなんて覚えてもいないだろう。

でも岡本さんの、気弱そうな困ったような八の字眉毛を見た瞬間に、すごく苦しいものを思い出した。

人を傷つけるような仕事をしていたときのこと。

心が汚れきって、真っ黒になっていた日々のことをだ。

ふいにコインランドリーで出会った真奈という人のことを思い出す。

背筋をしゃんと伸ばして楽しそうに働くあの人。

洗いたての真っ白な洗濯物のように、清潔感のあるあの人。

――何かお手伝いできることはありますか？

あんなに優しくお客さんみんなに声を掛けることができるあの人は、私みたいに真っ黒な心になることなんてないに違いない。

ごとん、と音が聞こえた。

バスルームからだ。

嫌な予感がする。

重い身体を引き摺(ず)るようにしてベッドから立ち上がった。

「あっ！」

ユニットバスのドアを開けるとバスタオルがハンガーごと床に落ちていた。

見ると、一人暮らしを始めるときに実家から持ってきた古いプラスチック製のハンガーのフックが折れていた。劣化が進んでいたところに、濡れて重くなったバスタオルを掛けたせいだろう。

バスタオルを拾いカーテンレールを見上げると、掛けていた洗濯物の多くが見当たらない。

空の浴槽を覗き込むと、洗濯バサミがないせいでハンガーに引っ掛けただけだった洗濯物も、小物を中心に半分以上が落っこちて散らばっていた。

「ほんとうに最悪……」

今日三度目の言葉が、茜の口を衝いて出た。

昼食用に買い置きしていたカップラーメンを食べて、胸に湧く嫌な気分を打ち消すようにスマホをいじっていたら、外はいつの間にか暗くなりかけていた。

干したときよりは乾いている。けれど触ると明らかに湿って冷たい洗濯物を手に、しばらく迷う。

もうこのまま着ちゃおうかな、とも思う。

たぶん肌に触れたその瞬間はちょっとだけ気持ち悪いけれど、着られないことはない。

バスタオルだって身体を拭けば濡れてしまうんだから、ほんのちょっとくらい湿っていても平気だ。

明日着る服は、エアコンの効いた部屋にひと晩吊るしておけば乾くだろう。

——嫌だ。そんなの嫌だ。

身震いしそうな気持ちで、大きく首を横に振った。

目に涙が滲んできた。

こんな生活、もう嫌だ。

こんな生乾きの洗濯物みたいなみじめな暮らし、もう嫌だ。

昼間のコインランドリーの光景が浮かんだ。

洗剤の匂い、乾燥機の熱、香ばしいコーヒーの香り。

もう一度あそこに行きたい。あのコインランドリーで、この洗濯物をしっかり乾かしてふわふわにしたかった。

「よしっ！」

自分に気合いを入れるように声を出して、乾きかけのボストンバッグを開いた。

「あっ、先ほどの……。おかえりなさい！」

茜に気付いた真奈は、まるで友人に見せるような親しげな笑顔になった。

「さっきはすみません。えっと、ちょっと急用があって、それで……」

「お待ちしていました」

急に帰ってしまった茜の妙な態度のことは、少しも気にしていない様子だ。

ほっとする。

「第二弾をお持ちいただけましたか？　今でしたら洗濯乾燥機、お使いいただけます」

真奈の視線の先で、四台の洗濯乾燥機のうち、一台のガラスドアが開いていた。

あ、と胸の中で呟く。

残る三台のうち二台は使用中で、もう一台のガラスドアの取っ手には、朝と同じ黄色いドン・キホーテのビニール袋がまだ結び付けてあった。今朝からずっと放置されたままなのだろう。

「実は今朝洗った洗濯物なんです。家ではうまく乾かなかったので、やっぱり乾燥機を使えたらと思って」

「お任せください。あっという間に乾きますよ。あれから室内干しをしていただけたようでしたら、十分もあればじゅうぶんだと思います」

だ。


「十分？　そんなに早くできるんですか？」

驚いて訊き返した。

茜の家のドラム式洗濯乾燥機では、毎回、乾燥に二時間以上かかっていた。

洗濯物はある程度乾いているとはいっても、三十分くらいはかかる覚悟で出てきたのだ。

「ええ、コインランドリーの乾燥機はガス式なので、ご家庭の電気式のものとはパワーがぜんぜん違います」

こっち、こっち、と真奈に手招きされて、乾燥機に洗濯物を入れた。

真奈の前で、バスタオル、パジャマ、パーカー、Tシャツなどを放り込む。けれどベージュや黒のカップ付きキャミソールや、ボーダー柄のショーツに気付いてはっと手を止めた。

乾燥機が回っている間、ガラスドア越しに下着類が見えてしまうのではないか。

乾燥が終わって洗濯物を取り出すときも人の目が気になる。

茜は店内を見回した。

いつの間にか真奈は入口横のカウンターに戻っていた。

今は茜の他にお客さんは誰もいない。

今度からコインランドリーを使うときは洗濯ネットを準備しなくては。でも今日はもうこれでやるしかないと、投入口に百円玉を一枚入れた。

パネルに十分と表示された。スタートボタンを押すと、乾燥機のドラムが回り出した。

ドライヤーのような風の音が響く。

乾きかけの洗濯物は、熟練した料理人が作るチャーハンのご飯や具のように、ぱらぱらと鮮やかに空中を舞い始めた。

もう一度店内に誰もいないのを確かめてから、カウンターに向かった。

「コーヒー、いただけますか?」

百円玉を差し出す。

そのとき、カウンターの横のパネルに《洗濯代行》と書いた料金表があるのに気付いた。

見慣れない言葉だ。料金はランドリーバッグの大きさで決まるようだ。

小さいバッグは千五百円、大きいバッグは二千五百円。コインランドリーで洗濯から乾燥までを仕上げる利用料に、五百円ほど足したくらいの値段だ。

プレートの最後には《洗濯相談　０円》と書いてあった。

「もちろんです。できたらお持ちしますね」

「ありがとうございます。じゃあ、洗濯機の前にいます」

やはり中身が見えないか気になってしまう。すぐに戻って丸椅子に座った。

真奈が言ったとおりガス式乾燥機のパワーは凄まじいようで、ほんの数分席を外しただけなのに、洗濯物は明らかにさっきよりも軽（かろ）やかに見えた。

けれど、下着はもちろん、ピンクのハンドタオルやジェラートピケのルームソックスなど、女性らしいものが見え隠れするたびにちょっと緊張する。

自分の肌に直接触れているものがこんなに明るい人目につく場所にあることに、不思議な気持ちになった。

――しっかり見張っていなくては。

そう胸に言い聞かせてから、いけないとは思いつつ使用中の周囲の乾燥機をこっそり窺う。

この乾燥機を使っているのは年配の男性、こちらは若い女性、なんてすぐにわかってしまうかと思った。でも実は中身の様子はそうそうわからない。ガラスドアにわずかに色が入っているせいだ。

通りすがりにどうにか見て取れるのは、中身が白っぽいか、黒っぽいか、くらいだ。

こんなふうに真正面から目を凝（こ）らして中身を見つめるのでもなければ、さほど気にすることはないのかもしれない。

少しほっとする。

ふいに入口の自動ドアが開いた。

「こんばんはー」

はっきりした声で挨拶をしながら現れたのは、サッカー観戦のときに着るようなロング丈（たけ）のベンチコートを着た四十代くらいの女性客だ。

ＩＫＥＡの大きな青いビニールバッグを肩に掛けている。

「こんばんは。今日も寒いですね」

「寒い、寒い！　ここまで自転車飛ばして来たら、手の感覚なくなっちゃったわ。洗濯乾燥機、空いてる？」

「空いていますよ。ラスト一台です」

「よかった！　子供が急に明日の朝までに体操着洗ってって言い出してさ。そんなの今から言われても間に合わないわよ！　って大騒ぎよ」

「大丈夫です。ぜんぜん間に合います」

二人は楽しそうに会話を交（か）わす。

ベンチコートの女性は空いていた洗濯乾燥機に素早く洗濯物を放り込み、ジップロック

から取り出した百円玉を次々に入れるとスタートボタンを押し、

「それじゃ、また後で」

とつむじ風のように去って行った。

「コーヒー、遅くなってごめんなさい」

ほどなく真奈が近づいてきて、紙コップを差し出した。

「この時間になると、今みたいに駆け込んでくるお客さんが多いんです」

真奈が微笑(ほほえ)んだ。時計の針は七時前だ。

上質なコーヒーの淹(い)れたての香りが広がる。

「ここは二十四時間営業なんですか？」

「いいえ、営業時間は朝の六時から夜の二十二時まで。水曜日が定休日です。もしお時間を気にされなければ、お昼の時間帯ですとだいたいどのタイプも空きがありますよ。お昼は、休憩を取っていて私がここにいない時間帯もあるのですが」

真奈がエプロンのポケットから、《ヨコハマコインランドリー　2月1日リニューアルオープンのお知らせ》と書かれたチラシを取り出した。

今聞いたとおりの情報に加えて、

《※洗濯代行の受付は、昼11時～12時、夕方15時～16時はお休みします》

と注意書きがある。

「これが私の休憩時間です」

真奈がそこを指さした。

「ずっとこのコインランドリーにいるんですか？」

「ええ、休憩時間以外は基本的にはここにいます」

「たいへんじゃないですか？」

朝の六時から夜の二十二時。休憩の二時間を除いても十四時間労働だ。

退職する前、働くこと以外は何もできなかった荒(すさ)んだ暮らしが甦(よみがえ)る。

「たいへんです。でも先月リニューアルオープンしたばかりなので、やることが山積みなんです。一日があっという間に終わってしまいます」

あの頃の茜よりもっと忙しいはずの真奈は、少しも不満がある様子はなく屈託なく笑う。

「とはいってもさすがにひとりではちょっと体力の限界を感じるので、なるべく早くに、お手伝いをしてくれるアルバイトの人を雇(やと)おうと思っています」

そのとき、乾燥機から風の音が消え、電子音が鳴った。

「あ、終わりましたね。きっとばっちり乾いているはずです」

ガラスドアを開けた。

頬が緩むほど暖かくて、いい匂いのする風が流れ出す。

洗濯物に触れる。

「わあ」

思わずバスタオルを頬に押し当てた。真奈が言ったとおり〝ばっちり〟乾いていて、お日さまのような匂いと温もりが伝わってくる。まるでふわふわの動物を抱き締めているみたいに、心が穏やかに優しくなっていくのがわかる。

今日、なけなしの元気を振り絞って洗濯をしに来て、ほんとうによかった。

3

その翌日の水曜日、茜は久しぶりに朝の散歩に出かけた。

久しぶりも久しぶりだ。朝の散歩をしたのは大学生のとき以来だ。

実家で飼っていたゴールデンレトリバーのネネちゃんと一緒に朝の散歩をするのは、とても楽しかった。

呑気だった学生時代、片方の耳だけイヤホンをつけて好きな音楽を聴きながら人気（ひとけ）の少ない朝の道を歩くと、今日も一日がんばろうという気分になった。

あの頃のような前向きな気分に戻りたかった。

綺麗になった服を着た今日ならば、まっすぐ前を向いて歩けるような気がした。

ジーンズにパーカーを羽織って、その上から分厚いダウンコートを着た。

お気に入りのＮＩＫＥのエアジョーダンを久しぶりに靴箱から取り出して、靴紐(くつひも)を強く締めた。

このあたりでいちばんの〝お散歩スポット〟でもある山下公園は、海風のせいですごく寒かった。

色とりどりの花が咲く、よく手入れされた芝生(しばふ)や花壇の間を、舗装された遊歩道が通っている。

海沿いの広い道に出て、日当たりの良い海を望むベンチに腰掛けた。

平日の朝七時なので観光客は多くない。

ベビーカーの赤ちゃん連れや犬の散歩やランニングをする近所の人、それに学生らしき若いカップルが数組いるくらいだ。

目の前にある大人の腰の高さくらいまでの柵(さく)の下はすぐ海だ。

雲ひとつない真っ青な空を映して、海も輝くばかりに青い。

けれど案外波が高くて、時折、白い飛沫が遊歩道に弾け飛び、海辺を歩く人の歓声と悲鳴の間くらいの声が上がる。

数隻の貨物船が白い波飛沫を立てて大海原を目指して進んでいく。

右手に大きな船、日本郵船氷川丸が係留されている。戦前に建造され現存する唯一の貨客船で、引退後はここで保存され、今では重要文化財だ。

左手にはみなとみらい地区にある、よこはまコスモワールドの観覧車や横浜ランドマークタワー、半月型の外観のヨコハマグランドインターコンチネンタルホテル、そして最近できた横浜ハンマーヘッドなどが見渡せる。

引っ越してくる前に想像していた〝横浜〟の風景が、きちんとここにはあった。

近くにこんなに素敵な場所があったのに、私はこの三年間、それにまったく近付かなかった。

会社を辞めるまでは休日でも、残っている仕事が心配で店舗に顔を出していた。

ごくたまに何もない日があっても、学生時代の友人とランチをして、夜からまた別の友人と飲みに行ってと、何かに憑りつかれたように一日じゅう予定を入れて過ごすことが多かった。もちろんその後は疲労困憊して帰宅することになるのだが、そうせずにはいられなかった。

どこにも行くあてもなくひとりで家の近所を散歩するというのは、実はものすごく贅沢（ぜいたく）な時間なのだと気付く。

これからどうしようかな。

茜は潮風に目を細めて海を見つめた。

再び就職先を見つけなくてはいけないのはわかっていた。

自分の時間のすべてを捧げて、命を燃やす価値がある、やりがいと安定した収入が見込める仕事。

私は今度こそ、それを見つけなくてはいけないのだ。

ずっと働き通しだったので、しばらくの生活費を賄（まかな）えるだけの貯金はある。申請すれば失業保険ももらえる。

しかし、その先のことを考えると、うっ、とまた胃が痛くなる。

柵の向こうで波飛沫が弾けた。

きゃあ、と燥（はしゃ）ぐ声が聞こえて、歩いていた人たちが慌ててこちらに走ってきた。

波打ち際で遊ぶ子供のような軽い足取りの人に、思わず目を向ける。

目が合った。

「昨日コインランドリーにいらしていただいた方ですよね？」

短い前髪に、おくれ毛ひとつなく後ろで結んだ女の人——真奈が驚いた顔をしていた。

今日は水曜日なので、あのコインランドリーは確か定休日だ。

真奈はネイビーのウールのコートに、首にはボリュームのあるベージュのストールを巻いていた。小柄な身体が雪国の子供のように着膨れしていて、なんだか可愛らしい。

「おはようございます」

お互いぺこりと頭を下げた。

「お散歩ですか？」

真奈が微笑みかけてくる。

「ええ、なんとなくそんな気分で」

昨日洗ったばかりの綺麗な服が気持ちよかったので、とちゃんと言えばよかった。

「私もです。よく晴れたお散歩日和（びより）ですよね」

真奈が空を見上げた。

強く風が吹いて、耳元でごおっと音が鳴る。

二人で顔を見合わせて、寒い！　と身を縮めた。

「晴れていますが、風はすごく強いですね」

茜はダウンコートのポケットに手を入れた。

「私が知っている横浜はいつもこうです。もやもやしたものをぜーんぶ吹き飛ばしてくれるような、元気いっぱいの風が吹いています」

真奈が風が吹いてくるほうへ顔を向けた。

短い前髪が風に流されて白い額が覗く。額の真ん中に小さな傷痕があった。

「このあたりはコインランドリーを出店するのにぴったりの条件が揃っているんです。いつもすごく風が強くて、おまけにその風はたっぷり塩気を含んだ潮風だから、普段から洗濯物を外に干さない人が多くて」

真面目そうな口調で言う。

「だからあそこでコインランドリーを経営しているんですか？」

ヨコハマコインランドリーは、二月にリニューアルオープンしたばかりだと聞いた。

この人は、そんな見極めのできる敏腕経営者なのだろうか。

「いいえ、私があのコインランドリーを始めたのは、まったくの偶然なんです」

真奈は照れくさそうに答えてから、

「お腹、減っていませんか？」

と急に親しげな顔をした。

「減っています。散歩のついでに、どこかでモーニングを食べようと思っていたんです」

「美味しい朝ご飯が食べられる大好きなお店があるんです。一緒に行きませんか？」

真奈が背後を指さした。

「はい、ぜひ！」

茜は大きく頷いた。ちょっとわくわくした。

ウミネコの鳴き声が遠くで聞こえた。


朝ご飯を誰かと一緒に食べるのは久々だった。

なんだか特別なことをしている気がして心が躍った。

石造りのホテルニューグランドの風格ある建物を横目に、木漏れ日が心地良い並木道を歩く。

「こっちです」

真奈の案内に従って五分ほど進むうちに、あれっ？　と思う。

町並みが、潮風のそよぐ緑の小道から、雑居ビルや電飾看板や立体駐車場のある雑然としたものへと変わっていく。

赤と青を基調とした鮮やかな色使いに金の装飾が施された、横浜中華街の東門にあたる朝陽門を潜った。

「中華街、ですか？」

中華街には朝から炒め物の油と肉まんの匂いが漂う。頭上ではカラスが飛び交い、その下には険しい顔で路上のゴミを片づけている腰の曲がったお婆さんの姿があった。

朝から中華を食べることになるとは。

少し朝の散歩をしたのでどうにか食べられないことはない。けれどもちょっと躊躇してしまう。

美味しいコーヒーを出してくれる、お洒落な隠れ家カフェにでも行くものとばかり思っていた。

「ここです。きっと気に入っていただけるはずです」

真奈は一階が土産物店になっている古い雑居ビルの前で足を止めると、暗くて急な階段を上がっていく。

「ここ、ですか……」

築五十年以上のビルだろう。コンクリートの壁にはひび割れや染みがある。

周囲を見回しながら、恐る恐る茜も後に続く。

二階に上がり、赤い地に《福》という漢字をプリントした布製の壁飾りをさかさまに貼りつけたガラスドアを開く。

「おはようございます。今日は二名です」

真奈は調理場の店員さんに挨拶をすると、慣れた様子で窓際のテーブルに座った。

ヨコハマコインランドリーと同じくらいの広さの小ぢんまりした店内には、数名のお客さんの姿があった。

「ここの朝食はお粥、しかも一日一種類だけなんです。毎日味付けが変わるのですが、食べられない具材があれば白粥に変更もできます。苦手なものはありますか」

真奈に訊かれて、「いいえ、何でも食べられます」と首を横に振る。

二人のそんなやりとりはお構いなしに、

「オマチドサマー」

すぐに大きなどんぶりの載ったトレイが運ばれてきて、若い女性の店員さんが、片言の日本語で愛想良く笑う。

白い器に白いれんげ。

湯気が立つ。

白いお粥に、緑の刻み葱と赤いクコの実の色が鮮やかだった。細長い揚げパンが添えられている。

「中華粥でしたか……」

いかにも滋養に満ちたスープの香りに、茜のお腹が鳴った。

「今日は鶏粥ですね。お肉がほろほろに柔らかく煮込んであって、美味しいですよ」

真奈は胸の前で小さく両手を合わせて「いただきます」と呟いた。

茜もいただきますをしてれんげで掬うと、お粥と一緒にたくさんの鶏肉が入っていた。

一口食べる。

とても熱い。鶏ガラスープは濃厚な味わいだ。

一口、また一口と、はふはふと息を吐きながら食べた。

口の中はもちろん、喉が、お腹が熱い。でも止まらない。気付くと身体じゅうが温まって、額に薄っすら汗が滲んでいた。

「すごく美味しかったです！」

一滴残さずぺろりと平らげてしまってから言った。

美味しい朝ご飯というものをゆっくり味わって食べたのはいつ以来だろう。私はこの三年、コンビニで買ったおにぎりかパンを、大急ぎでコーヒーで流し込むだけの生活を送っていた。

「でしょう？　そう言っていただけて嬉しいです」

薄い磁器の茶碗に入ったジャスミン茶を口に運びながら、真奈がほんとうに嬉しそうな顔をした。

「中華街で、こんな優しい味のお粥を食べられるなんて思っていませんでした。私にとって中華街は、けばけばしくて雑然としていて、お祭りの屋台みたいにごちゃごちゃしたイメージだったので」

改めて店内を見回す。

出勤前らしいスーツ姿の会社員やお年寄り、大きなリュックサックを足元に置いた旅行客らしいカップル。みんなれんげに息を吹きかけながら、静かにこの美味しい朝ご飯を満喫していた。

観光客がわんさと訪れるだけで自分には縁がない場所、むしろうるさくて苦手な場所だと思っていた中華街が、急に親しみ深く思えてくる。

「朝ご飯が美味しいと、それだけでいい一日になりそうな気がしませんか？」

真奈が微笑んだ。

「はい、そう思います。でも、こんなふうにゆっくり温かい朝ご飯を食べるのは、ほんとうに久しぶりです」

通りに面した、事務所の窓みたいな素っ気(そけ)ない横開きの窓から、店内に光が差し込んだ。

天井からいくつも吊るされた赤い飾りと、金の留め具がきらきら輝く。

時計を見ると、まだ八時半。一日はこれからだ。時間はたっぷりある、と得した気分になっていた。

「それじゃあ、私は先に行きますね。あなたはゆっくりしていってください。どうぞ良い一日を」

真奈がストールを首に巻きながら立ち上がった。

「あ、はい、えっと、あの」

ほんの一瞬だけ口ごもった。

「私、中島茜といいます」

自分を指さした。

「茜さんですか。綺麗なお名前ですね。どうぞよろしく」

真奈が前よりずっと親しげな目をした。

この人は、私がヨコハマコインランドリーの客だから、敢えて名前を聞かないように気遣ってくれていたのだと気付く。

――綺麗なお名前。

そんなことを言われたのは初めてだ。

胸に沁みる。

もっと綺麗になりたい。美容に気を配ったり、お化粧が上手になるとかお洒落になるとかではなくて。

私の汚れた心を綺麗にしたい。洗濯物みたいにざぶざぶ丸洗いしたい。

「あの、もし良かったら私……」

気付いたら、まるで夢の中にいるように言葉が流れ出していた。


マンションの部屋に戻ると、ベッドのすぐ脇に今朝脱ぎ捨てたジャージが落ちていた。

「もう、どうしてこんなところに」

帰り道に元町のスーパーで買ってきた、ちょっと高級な野菜ジュースとパスタをキッチンに置いてから、朝のだらしない自分を思い出し、眉を顰めてジャージを畳んだ。

その流れで、昨日からボストンバッグの中に入れっぱなしにしていた洗濯済みの服を畳んだ。

洗濯物を綺麗に畳むのは思ったよりもずっと難しかった。

幼稚園で習ったように左右の袖を片方ずつ前見頃に向かって畳んで、次に裾部分を持って上半分に向かって畳み、それをさらに左右真ん中で半分に畳む、という手順を踏めばそれなりに綺麗に畳むことができる。

けれども服の大きさはすべて違うので、同じ畳み方をすると、その大きさもてんでばらばらになる。ぜんぜん美しくない。

けど、今日はこのくらいにしておこう。

すべて畳んで、てんでばらばらな大きさのままクローゼットの衣装ケースに押し込んだ。

「それじゃあ次は……」

今度はゴミ袋を手に、部屋を見回して腕まくりをした。

化粧品のサンプルやホテルのアメニティ、ポイントカードに始まって、ちょっと可愛いけれど使い道のない紙袋やくたびれたストッキング、爪先(つまさき)が剝がれてしまった安物のパンプス、などなど。これからの暮らしにはもう必要ないものを、次々にゴミ袋に放り込んでいく。

もっと捨てよう。もっと部屋を綺麗にして、もっと身軽になろう。

部屋と同じように次第にすっきりしていく頭の中に、ヨコハマコインランドリーの店内の風景が浮かぶ。

私は明日からあそこで働くのだ。

「もし良かったら、ヨコハマコインランドリーでアルバイトをさせてもらえませんか？」

おずおずとした茜の申し出に、真奈は屈託ない笑顔を浮かべた。

「嬉しいです。ぜひお願いいたします」

真奈の柔らかい、けれどしっかりした声が耳の奥を震わせる。

日がそそぐ店内に漂う微かな洗剤の匂い。乾燥機の発する熱。

ドラムの中でシャワーのように降り注ぐ水と泡。ふっくらと乾いた洗濯物のほっとするような温かさ。

思わず心が解れる香ばしい匂いの美味しいコーヒー。

洗濯機の中でくるくる回るたくさんの洗濯物。

——何かお手伝いできることはありますか？

そう言ってこちらをまっすぐに見つめる真奈の瞳。

ほんとうはアルバイトなんてしている場合じゃないのかもしれない。

まだ若い今のうちに、急いで転職活動をしたり、そうでなければ資格取得のための勉強をしたり、歩みを止めずに全力で進まなくてはいけないのかもしれない。

でも今この時だけは、あの場所で働きたかった。

部屋を掃除して、美味しいご飯を食べて、洗濯物を綺麗に洗って過ごしたかった。

バスルームに顔を向けた。

三年間、文句ひとつ言わずに私の洗濯物を頑張って洗ってくれていた洗濯乾燥機のことを思い出す。

「そろそろ修理依頼の電話しなくちゃ。あ、でもその前に……」

あの洗濯乾燥機を丁寧（ていねい）に掃除しよう。

ゴミ取りフィルターの中身を捨てて、ガラスドアを念入りに拭いて、細かいところに詰まってしまった埃は使い古した歯ブラシですべて取り去ろう。

今までほったらかしにしていて、ごめんね。

小さく呟いたら、胸に溜まっていたものがすっと洗われたような気がした。

第2章 ⚓ カビだらけのTシャツ

1

「右手に濡れた雑巾、左手に乾いた雑巾を持って円を描くように拭きます。縁は埃が溜まりやすいので念入りにお願いします」

雇い主なのに、真奈は丁寧な言葉遣いのままだ。

茜と一緒に朝ご飯を食べていたときの、まるで友達同士のような親密さは今はない。

当たり前のことかもしれないけれど、そんな距離の取り方にすごく安心した。

真奈が濡れた雑巾で洗濯機のガラスドアの内側を拭いた。

くるくる、と円を描くような手つきだ。

まるで誰かの頭をよしよしと撫でているように見えた。次は乾いた雑巾で同じように拭く。

「ドラムの中は掃除しなくていいんですか？」

一番汚れそうなところなのに。気になって訊いてみた。

「ドラムは基本、利用中にずっと洗われているようなものですから、溜まった埃の掃除だけでいいんです」

真奈の言葉の意味を一瞬考えてから、茜は「確かに」と頷いた。

泡立つ洗剤で常に洗われているドラムの中は、洗いたての洗濯物と同じくらい綺麗で清潔だ。

「そっか、そうですよね」

中を覗き込むと、ドラム内は新品のようにぴかぴかだ。

「それからこの埃取りフィルターの中身を捨てて、これでおしまいです。乾燥機はドラムの中に埃が溜まりやすいので、雑巾で拭いてください。ドラムの裏側は、業者さんが定期メンテナンスのときに洗浄してくれます」

真奈が洗濯機の底から引き出した埃取りフィルターをひっくり返すと、綿のように白っぽい埃の塊（かたまり）がすとんと落ちた。

「それじゃあ、やってみましょう」

真奈に促（うなが）されて両手に雑巾を持つ。

ガラスドアの内側を、円を描くようにして濡れた雑巾で、次に乾いた雑巾で拭く。

「そう、そう、完璧（かんぺき）です！」

真奈が胸の前で拍手をしてにっこり笑った。

簡単なことをしているだけなのに、こんなふうに笑顔で褒（ほ）めてもらえたのなんて、幼稚園に通っていた頃以来かもしれない。

私はもっとうまくできるよ、もっと頑張らなきゃ、なんて心の中で得意げな子供の声で呟く。

「それじゃあ、その調子でお願いします」

「はいっ！」

思わず口元を緩めて店内を見回す。

ふと視線が止まった。

「あの洗濯乾燥機はどうしますか？」

使用中ランプの点（つ）いていない洗濯乾燥機のガラスドアの取っ手に、皺（しわ）くちゃになった黄色いビニール袋が結びつけてあった。

初めてこのランドリーに来たときに見たのと同じものだ。

ドン・キホーテの黄色いビニール袋。きっと同じ人だ。

「あそこは、そのままにしておいてください。火曜日の営業中に取りにいらっしゃれなかったみたいです」

話題にされているのがわかったかのように、ビニール袋がかさりと音を立てて落ちた。

「中身、出しておかなくていいんでしょうか？　持ち主が取りに来るまで、この機械は使えないことになりますけど」

ビニール袋を拾ってガラスドアの取っ手に掛け直す。穴がいくつもあいていた。

「もう少しこのまま待ってみましょう。でも、今日取りに来ていただけなければ、さすがに中身を出さなくてはいけないかもしれませんね」

真奈の呑気な様子に、こんなにのんびりしていて大丈夫なんだろうかと、少し心配になる。

——まったく。マナーが悪いな。いったいどんな人なんだろう。

心の中で呟いたら、急に息が浅くなった。

2

茜がヨコハマコインランドリーで働き始めて、あっという間に半月が経った。

アルバイトの時給は千五十円だ。水曜日と日曜日が休みで週に五日、朝九時から夕方十七時までの勤務に、お昼休憩が一時間ある。

仕事内容は店内の清掃と、コインランドリーを利用するお客さんに機械の使い方を教えること、それともう少し仕事に慣れてきたら、真奈の洗濯代行の手伝いもすることになるらしい。

洗濯機などの使い方自体は、ただ洗濯物を入れてお金を入れるだけなので、至って簡単だ。

けれども店内には、機械のパネルに小さな字で書いてある使用説明以外は貼り紙などがひとつもない。

今までコインランドリーを利用したことがない人や、細かい字が読めないお年寄りなどは、使い方がわからなければ利用を諦（あきら）めてしまう場合もある。

だから、お客さんが来たらフレンドリーに、

「何かお手伝いできることはありますか？」

と、あの言葉を掛けることになっていた。

「あ、それと、茜さんのご自宅の洗濯乾燥機、まだ故障中ですよね？　バックヤードの洗濯機が空いているときは使っていいですよ。もし私に洗濯物を触れられるのが嫌ではなかったら、忙しくないタイミングで乾燥までやっておきます」

カウンターの奥のバックヤードには、店内の物とよく似ているけれどコインの投入口だけがない洗濯機と乾燥機がそれぞれ二台ずつあった。

このバックヤードの洗濯機で、真奈は洗濯代行サービスを請け負っていた。

「ほんとうですか？　とっても助かります」

メーカーの修理センターに電話をしてみたところ、ちょうど混んでいる時期とのことで、相変わらず茜の家のドラム式洗濯乾燥機は使えないままなのだ。

ここの機械を出勤時に使わせてもらえるのは、かなりありがたかった。

「喜んでいただけて嬉しいです。ご飯屋さんのまかない、みたいなものですね」

真奈はにっこり笑った。

「ねえ！　ちょっといい？」

その日、真奈が休憩時間でいない時間にひとり店内の掃除をしていると、見覚えのある男性がやってきた。

真っ白の薄手のダウンジャケット、スウェットタイプの細身のパンツに、蛍光イエローのロゴが入ったＮＩＫＥのエアマックスを履いている。

都心の公園でランニングをした帰りの業界人、とでもいうような派手な格好だ。

初めて茜がこのランドリーにやってきたときに、カウンターテーブルでアップルのノートパソコンを開いていた男性だ。

「おはようございます。何かお手伝いできることはありますか？」

今は十一時を過ぎたばかりだ。

おはようございますという挨拶はぎりぎりＯＫだっただろうか、それともこんにちはのほうが良かったかな、なんて思いながら頭を下げた。

「うわっ、デカイね」

男性が苦笑いを浮かべた。

あっと思った。

久しぶりにこの言葉を投げかけられた。

「俺、身長一八〇あるんだけどさ。ほとんど変わらなくない？　何かスポーツやってるの？」

茜と自分を交互に指さしながら訊いてくる。

「いいえ、特には。すみません」

思わず謝ってしまう。

「えー、もったいないね。君は新しく入ったバイトの子だよね？　中島さんね」

男性が茜の胸元の小さな名札に目を向けた。

――その身長でもったいない。

今まで何度も言われてきた。

毎日を楽しんで生きるのがいけないことのような気がしてくる苦手な言葉だ。

「下の名前は？」

「すみません、申し遅れました。中島茜と申します」

不動産会社にいたときの癖で、思わず反射的に答えてしまった。

冷静に考えれば、アルバイトがフルネームを名乗る必要なんてどこにもない。

「茜ちゃん、よろしくね。俺、大塚っていいます。ここのお得意さん」

親指で自分の胸元を指さすこの大塚という男性は、初めて会ったばかりの女性を下の名前と〝ちゃん〟付けで呼ぶような人だった。

「よろしくお願いいたします。それでは」

自分で自分を〝お得意さん〟と言うくらいなのだから、この人に「何かお手伝いすること」はないだろう。

もやもやしつつ踵を返そうとしたところで、半笑いの声に呼び止められた。

「待って、待ってよ。ちょっと教えて。この洗濯代行ってサービス、どういうシステムなのか教えてくれる？　前から気になってたんだけど、タイミング悪くて真奈さんには訊けなくてさ」

真奈さん、という馴(な)れ馴れしい呼び方はいかにも常連さんらしいけれど、そんなことも知らないなんてほんとうにお得意さんなのかな？　と思う。このランドリーに通っていれば、真奈さんと話す機会はいくらでもあったはずだ。

そうは思っても、質問をされてしまった以上、仕事なのできちんと答えるしかない。

「洗濯代行ですね。専用のランドリーバッグに洗濯物を入れて持ってきていただいて、こちらで洗濯と乾燥を済ませて、すべて綺麗に畳んでお渡しするサービスです」

少し早口で言う。

「じゃあ、これは畳んでくれる料金が追加されてるってことね」

大塚がパネルの料金表を指さした。

「他にもメリットがありますよ。洗濯が終わる時間を気にしなくていいので、朝、出勤途中にこちらに託していただいて、仕事帰りに引き取る、という使い方もしていただけます」

今、このランドリーで洗濯代行を頻繁（ひんぱん）に利用するのは、お年寄りを自宅で介護している人や、育児中の若い夫婦が多い。

「へえ、なるほどね。そういうとき、みんな下着とかってどうしてんの？　そのまま持ってきちゃうの？」

「え？」

一瞬考えた。

「すみません、店長に確認してみますね」

茜自身は、下着は家で手洗いしていた。

真奈が「私が洗濯物に触るのが嫌でなければ……」と言った瞬間、当然のようにそうしようと思った。

だが、コインランドリーの出来上がり時間に気を配る余裕もなければ洗濯物を畳む時間もない人たちに、毎日家で下着を手洗いするなんて面倒なことができるのだろうか。

「い、いや。やめて。訊かなくていいや。そこにこだわってると変な奴に思われるでしよ?」

「そうですか?　大事なことなので確認しておきますよ」

「い、いや、いいって」

大塚はほんのり頬を赤らめている。

「それよりさ、ほんとうはこっちを訊きたかったんだけど」

急に声を落とした。

「真奈さんって、人妻?」

「へ?」

きょとんとした。

真奈の名前と、〝人妻〟なんて艶っぽい言葉が少しも結びつかない。

「指輪してないでしょ?　真奈さんって、もし結婚してたら常に指輪を外さないタイプだと思うんだよな」

大塚が左手の薬指に指輪を嵌める仕草をしてみせた。

――え?

大塚の左手の薬指は、指輪の形に白くそこだけ日に焼けていなかった。長い間、結婚指輪をしていた証拠だ。

「……個人情報なのでそれはお答えできません」

作り笑顔で答えた。

「おっと茜ちゃん、そんな怖い顔しないでよ。俺、不審者じゃないから。紳士だから。真奈さんに余計なこと言わないでよね」

大塚は自分の言葉を自分で勝手に茶化して笑い飛ばすと、洗濯機を利用せずに帰って行った。

「下着ですか？　通常のコインランドリーで洗える状態でしたら、ランドリーバッグに入れていただいて構いませんよ。介護や育児で汚物が付着してしまったものは、感染症予防のために受け取れない決まりですが。茜さんも、もし下着も一緒に洗いたいようでしたらどうぞお気になさらず」

「い、いえ、私のことじゃないんです。私は大丈夫です。利用者の方に訊かれたらどう答えようかなって思っただけです」

休憩から戻ってきた真奈に早速訊いてみた。しかし急に赤面してうまく喋れなくなってしまった。大塚のことも話せなかった。

「そうでしたか。とはいっても、実はこれまで下着が入っていたのは、男性、それもかなり年配の方のものくらいです。やはり下着を他人に触られるというのは、気にする方が多いですよね」

真奈は肩を竦めて言う。

「私は他のお客さんの迷惑になるもの以外は、どんなものでも出していただいて構いませんが」

そう言って真奈はデニム地のエプロンの紐を結びながら、バックヤードに戻っていった。

そうか、実はみんな、ここで汚れたものを洗っているんだよな。

茜は床掃除用のモップを手に、店内を見回す。

いくつもの洗濯機や乾燥機が、頼もしい音を立てて回っていた。

コインランドリーで赤ちゃんの布オムツやペットの毛が付着したものを洗うのはマナー違反だということは、常識として知っていた。

けれどみんな、下着や靴下も平気でここで洗う。

潔癖症の人だったら、耐えられないことなのかもしれない。

でも大量の水と微かないい匂いのする洗剤、ガス式のパワフルな乾燥機で仕上がった洗濯物はとても清潔だ。

自動ドアの開く音に顔を上げる。

「こんにちはー。あら、埋まっちゃってるわね」

エコバッグに洗濯物を詰めた初老の女性が、洗濯乾燥機を覗き込んで残念そうな顔をした。

洗濯乾燥機は四台とも使用中だ。

だがランプがついているのは三台だけ。

残りの一台には、またもやドン・キホーテのビニール袋がガラスドアの取っ手に掛けてあった。

「これ、取り出してもらえないのかしら？」

至極もっともな発言だ。

以前ここを利用したときに、茜自身もそう思った。

「すみません、利用者の方の了承がないと、勝手に洗濯物には触れられないんです」

他のコインランドリーでは、《○時間以上放置されている洗濯物は撤去します》と問答無用な感じの貼り紙をしていることもあるらしい。

だがここにはそんな貼り紙はない。

つまり、勝手に洗濯物を撤去したらプライバシーの問題や紛失などトラブルになりかねない。

真奈は、マナーの悪い利用者とは直接話をして、今後は洗濯代行サービスを利用してもらうように働きかけるつもりなのかもしれない。

「そうなのね。じゃあ仕方ないわね、またにするわ」

初老の女性が肩を落とす。

心なしか、肩に掛けたエコバッグが急に重そうに見えた。

「洗濯代行サービスでお預かりもできますが」

「洗濯代行サービスねえ……。それは今度の機会に使わせていただくわ」

そう言って店を出ていく女性を、茜は深々と頭を下げて見送った。

振り返って、ランプが消えた洗濯乾燥機を睨む。

ガラスドアを開けて、何時間も放置されたままの洗濯物をぽいっと放り出したくてたまらない。

いったいもう、どうしてこんなことができるんだろう。他人の迷惑になっていると思わないんだろうか。

その日の夕方、ヨコハマコインランドリーにひとりの青年がやってきた。初めて見る顔だ。

傷んだ茶色の髪をしていた。けれど肌艶の良さや、背は高いけどどこか頼りない骨格から一目で十代後半とわかる。

破れた黒いジーンズに、海外のバンドの全国ツアーの日程らしきものが背中にプリントされた黒いトレーナー、汚れたブーツ。

「こんにちは」

声を掛けた茜には目もくれず、青年は仏頂面で奥へ向かう。

あっ、と思った。

青年が乱暴な手つきで、ガラスドアに掛けてあったドン・キホーテのビニール袋を広げた。

ひどい頭痛にでも耐えているような険しい顔で、いかにも面倒くさそうに洗濯物をビニール袋にぎゅうぎゅうに押し込んでいる。

ガラスドアを勢いよく叩きつけるように閉めたので、大きな音がした。

思わずビクッとする。

青年の身長は茜よりわずかに小さい。それに茜より明らかに年下だ。

こんなときだけはこの長身のおかげで、〝ナメられない〟だろう、と闘志に似たものが胸に湧く。

「失礼します。その洗濯物のことなんですが」

少し声を低くして話しかけた。

青年はびくりと足を止めた。怯むように肩を竦める。

「なんすか?」

虚勢をはるように、声に攻撃的なものが滲む。

「ずっと置いたままにされると他のお客さまが使えないので、今度から洗濯が終わる時間に合わせて取りに来てください。お金を入れたときに、ここに終了するまでの時間が出ますよね?」

操作パネルを指さした。

「他にも放置している人いっぱいいるけど、なんで俺だけ?」

青年が既に洗濯が終わっている他の機械を、ほら、あれも、あれも、と指さした。

うっ、と言葉に詰まる。

他の人は、パネルに表示された終了時間に合わせてきちんと回収に来る。放置するといっても長くて一時間ほどだ。

「さすがに毎回長時間放置している人は、あなた以外にいませんよ」

ばつが悪い気持ちで答えたら、自分でも驚くほど刺々しい声が出た。

「決まったルールがあるなら、きちんと貼り紙しといてください。そっちの都合を察しろって言われても、ぜんぜんわかんないんで」

青年が面倒くさそうに言って、わざとらしい大きなため息をついた。

「わかりました。確かにそうですね。今度から貼り紙をしておきます！」

まだまだ子供みたいな顔をしているくせに、と生意気な態度に頭に血が上る。すぐに大きな大きな貼り紙を貼ってやる、という気分で答えた。

「じゃ、もういいっすか？」

青年が茜を押し退けるように店を出た。

舌打ちの音。

「クッソうぜえ」

わざと茜に聞こえるように吐き捨てていった。

3

あれからずっと気が重い。

店内を掃除していると、ヨコハマコインランドリー前の道に宅配業者のトラックが停まった。

トラックの荷台の扉を開ける重い音に、茜は慌てて表に出る。

夕暮れ時の坂道を、帰宅途中の人たちが早足で歩いていた。

「結構重いですよ。大丈夫ですか？　僕、中まで持っていきますよ？」

「ぜんぜん大丈夫です！　任せてください！」

茜は、ぐんと腕を伸ばしてみせた。

大きなスポーツバッグのような専用ランドリーバッグを三つ受け取る。想像よりも結構重い。

けれど爽やかな宅配業者の人の気遣いに、救われるような気持ちになる。

洗濯代行サービスは神奈川県内であれば送料別でネット受け付けもしている。一点一点丁寧に畳まれ、ふんわりしたやわらかい仕上がりが人気のようだ。

中身は年配の人の介護に使っているらしい洗濯物が多く、差出人はすべて女性とわかる名前だ。また、児童養護施設や介護施設からシーツなどが届くこともあった。

「真奈さん、宅配のバッグが届きました」

バックヤードに、届いたランドリーバッグを運び込む。

「ありがとうございます。作業台の隅に置いておいてください」

真奈が洗濯物を畳みながら顔を上げた。

真奈がいつも籠もっているバックヤードには、店内にあるものと同じような大きな作業台がある。

作業台の上には、ぴしり、という音が聞こえてきそうな、形も大きさもぴたりと揃えて畳まれた洗濯物が並んでいた。

「ご苦労さま。助かります」

茜が作業の邪魔にならないようにランドリーバッグを作業台の隅に置くと、真奈が手を動かしながら頭をぴょこっと下げて礼を口にする。

真奈が畳んでいるのは、介護用の浴衣のようなパジャマだった。

茜には、これをどんなふうにして畳めばあんなふうに整った形になるのか、さっぱりわからない。

「洗濯物の綺麗な畳み方って、何かコツがあるんですか?」

手元を覗き込みながら訊いた。

真奈が少し考えるように視線を上に向け、

「皺を伸ばすこと、だと思います」

慎重にゆっくり答えた。

「乾燥機から取り出したばかりの洗濯物は、どうしても皺ができてしまうんです。その皺をこうやって手で伸ばしながら、どこをどう畳んだらいいか考える時間稼ぎをします」

「時間稼ぎ、ですか？」

真面目な顔で言う真奈が可笑しくて、重たかった気持ちが少しだけ軽くなった。

「ほんの一瞬でも立ち止まって、どんなふうに畳もうかなと考えると、結構うまくいきますよ」

真奈が掌を広げて、浴衣のようなパジャマをすっと撫でた。

目立っていた大きな皺が消える。

細かい皺はまだ残っていた。けれどもその皺は不快には感じない。まるで手もみの皺加工が施された和紙のように柔らかそうだ。

「そういえば、真奈さんに店内のことでご相談があったんです」

「何でしょう？　気が付いたことがあったら、ぜひ教えてください」

真奈の真剣な眼差しに、言葉に詰まる。ひと呼吸入れて、茜は口を開く。

「店内に、〝長時間の洗濯物の放置はご遠慮ください〟という貼り紙を貼らせてもらえませんか？　いつまでも洗濯機や乾燥機が空かないせいで利用できないお客さんがいますし、中の洗濯物を出してもらえないかと言われると困ってしまいます」

真奈は、茜が何の話をしているのか気付いた顔をした。

「ドン・キホーテくんのことですね。彼のことは私も気になっていました」

思わず噴き出した。

「そのニックネーム……」

意を決して貼り紙のことを口にして、強張っていた身体が緩む。

「ドン・キホーテくんは、ここ最近、頻繁に利用してくださるお客さんです。茜さんが言うとおり、毎回、洗濯物を長時間放置されていますね」

「実は先ほど、そのドン・キホーテ青年に会ったので、注意したんです。そうしたら、『決まったルールがあるなら貼り紙をしといてください！』って言い返されてしまいました」

そのときのことを思い出すと、また眉間に皺が寄る。

「今時の若者が、いかにも言いそうな憎まれ口ですね」

真奈がくすっと笑う。

「でも、店内に貼り紙はできる限りしたくないんです。せっかく考えていただいたのにごめんなさい」

真奈は申し訳なさそうに肩を竦めた。

「い、いえ。真奈さんが謝ることじゃありませんよ」

茜は慌てて言った。

微かに頰が熱くなる。

真奈が貼り紙をしたくない理由は訊かなかった。

けれど、茜が太字にビックリマークのついた、大きくて威圧的な貼り紙をしたいと思っていたことを、見透かされてしまったような気がした。

確かにそんな威圧的な貼り紙は、この心地良いコインランドリーにはちっとも似合わない。少し考えればわかることだ。

「ドン・キホーテくんはいつも私がバックヤードにいるタイミングで洗濯物を回収していくので、お話しする機会がなかったんです。今度また彼が現れたら、私に教えてくれますか？」

「また来てくれるかどうかわからないですけど。すみません、私のせいで」

茜は頭を下げた。

「気にしなくていいですよ。それに、大丈夫、ドン・キホーテくんはきっと来てくれると思います。洗濯は生活の一部ですから」

確かに、この近くには他にコインランドリーがない。

おそらく家に洗濯機がないドン・キホーテ青年は、いくら気まずくても洗濯をするためにまたここに来るに違いない。

「優しく大歓迎、とまでは言いませんが、何事もなかったように迎えてあげてください」

「……わかりました。必ずそうします」

茜は真奈の目を見て約束した。

今日はドン・キホーテ青年とぶつかり合ったせいで、久しぶりにどっと疲れた一日だった。

こんな気分のまま家に帰るのは嫌だ。悩んだ末、帰り道に美味しいものを食べることにした。

バックヤードで帰り支度(じたく)を済ませがてら、〝ひとりでも入れる〝ディナー 横浜〟とスマホで検索をしてみた。

大量に現れた〝おひとりさま大歓迎〟の中華料理の店の数に、中華街の懐(ふところ)の深さを想(おも)う。

けれども今日は〝洋〟の気分だ。

山下公園の近く、港の見える丘公園に沿った谷戸坂の途中にある、一軒のイタリア料理店「リストランテ・タカオカ」に決めた。

高級なディナーコースではなく、二千円ほどのディナー〝セット〟のメニューのある、地元の人向けの庶民的な店らしい。

白身魚のカルパッチョのサラダや色鮮やかなトマトパスタの写真に、お腹がぐうっと鳴った。

オープンは十七時からだった。今日は平日なので、今から行けばひとりでも他の客の目を気にせずに食事ができるだろう。

「お先に失礼します」

真奈に挨拶をして、まだ手放せない薄手のダウンコートのファスナーを首元まで上げた。

「はい、茜さん、お疲れさまです。また明日、よろしくお願いします」

今日は今から、ひとりでイタリア料理を食べに行くんですよ。

そんなふうなお喋りをしたかったな、なんてちらりと思う。

きっと真奈とだったら、そこから楽しい会話が広がったに違いない。

店を出ると、強い風に身を縮めた。

四月中旬だというのに、外はすごく寒い。

でも足取りは少し軽い。

仕事が終わった帰り道に、コンビニスイーツではなくて、手の込んだ美味しいご飯を食べに行くことができる。

せっかくなので散歩がてら海に向かう道を進むと、少しずつ目に映る町並みがお洒落になっていく。

ドン・キホーテ青年にぶつけられた捨て台詞、そして突っ慳貪な自分の姿が、まるで夢の中のことのようにぼやけてくる。

山下公園の緑が目に入った。海沿いの広い道に辿り着く。

ホテルニューグランドのお城みたいな外観に目を細めた。

神奈川県民ホールで行われる舞台かコンサートを観にやってきたらしい、楽しみでたまらないという笑顔を浮かべた人たちに、思わず茜も頰が緩む。

私にはこんな時間が大事だったんだな、と気付く。

真奈が洗濯物を胸に当てて、丁寧に皺を伸ばしている姿を思い出す。

私もあんなふうに、皺くちゃになってしまっていた人生をゆっくり少しずつ伸ばしてみたい。

手間と時間がかかってもいいから、広げた掌で撫でるようにゆっくりそっと。

お目当てのイタリア料理店は、民家を改装したかのような小さな店だった。

店の前に置いてある黒板に、ディナーセットのメニューが書いてある。ネットで見たとおり、ディナーにしてはお手ごろな価格だ。

少し大きめの《OPEN》のプレートに勇気づけられるように、ドアを開けた。

店内も、外観から想像していたとおりの小ぢんまりした造りだった。四人掛けのテーブル席が三つ。二人掛けのテーブル席が二つ。

まだ茜の他に客はいない。

「いらっしゃいませ」

奥の厨房（ちゅうぼう）から現れたシェフらしき男性は二十代前半くらいだろうか、ずいぶん若い。小柄でまっすぐな目をしていた。

「ひとりですが大丈夫ですか？」

「もちろんです。こちらのお席にどうぞ」

二人掛けの席に案内されて、ふと、向かいの席に真奈の顔を想った。

「この、ディナーセットAをお願いします」

少しどきどきしながら、メニューを指さした。

ホタテのカルパッチョのサラダ、トマトパスタという文字に心が躍る。

シェフが厨房に戻っていくと、茜はゆっくり店内を眺めた。

すごくヨコハマっぽくて素敵なお店だな、と思う。

海沿いに並ぶ大正時代の洋館を思わせるような少しレトロな内装に、シャンデリアの淡い光。微かな音量で流れるカンツォーネ。

少しすると、前菜のカルパッチョのサラダが運ばれてきた。

ナイフとフォークで丁寧に食べる。バルサミコ酢で味付けされたホタテの旨味と、しゃきしゃきのレタスの瑞々しさが口の中に広がった。

空いているもうひとつの二人掛けの席に目を向けた。予約席、と書かれたプレートが置いてあるのに気付く。

こんな店で食事をするのは、どんな二人なのだろう。

お互いの仕事帰りに待ち合わせをしているスーツ姿のカップルか。それとも近所で暮らすお洒落な老夫婦かもしれない。久しぶりに会う友人同士、ということもあり得る。

想像するのが楽しかった。

「すみません」

続いて運ばれてきたトマトパスタに舌鼓を打っていると、ドアが開いて男の人の声が聞こえた。

「いらっしゃいませ。あ、岡本さん。いつもありがとうございます」

シェフの親しげな声。

知っている名前だ。けれどまさか本人のはずはないと振り返ったら、息が止まった。まさかの本人だった。

不人気物件を押し付けた、あの岡本さんが再び目の前に現れた。

「三十分後に二名入れますか？　電話でも良かったんですが、通り道だったので」

岡本さんは眉を下げて笑った。

茜は目が合う前に慌てて前を向く。

席に座っているときでよかった。もしも今このとき茜が立っていたら、身長のせいで気付かれたかもしれない。

心臓が激しく鳴っていた。

「ええ、大丈夫ですよ」

シェフが、茜のすぐ横の四人掛けのテーブルを示した。四人用にセットされていたカトラリーを、二人分片づける。

「ありがとうございます。それじゃあ、また後で」

岡本さんが去ってから、茜は猛烈な勢いで残りの料理を平らげた。

すごく美味しかったはずなのに、味はほとんど覚えていない。

今にも岡本さんがお店に入ってくるんじゃないかとびくびくしながらお会計を済ませていたら、急に、アルバイト暮らしの自分には、二千円もするディナーなんて贅沢すぎると気付いた。

なんだか泣きたくなった。

4

結局あの日から、夜更かしばかりしていた。

胸の中にもやもやと広がる嫌な思い出から逃れるように、背中を丸めてスマホばかり見ていた。二倍速に設定した他愛(たわい)もない動画に身も心も浸(ひた)して、何も考えないようにしていた。

朝、起きるのがすごく辛(つら)かった。それでも、ヨコハマコインランドリーにいる間は何とか笑顔になることができた。

このアルバイトがあってほんとうに良かった、と思う。

しかし夜になるとまた眠れない。

身体はすごく疲れているのに、いつまでも心が静まらなかった。

何をしていても、岡本さんに不人気物件を押し付けたときの自分、ドン・キホーテ青年に文句を言ったときの自分の姿がちらつく。

「おはようございます。何かお手伝いできることはありますか？」

自分に掛けられたときは何て素敵な言葉だろうと思ったはずの挨拶も、どこか力なく語尾がしゅうっと消えてしまう。

「茜さん、それじゃあ私、休憩に入りますね。駅前でお弁当を買ってすぐ戻ってきますが、茜さんの分も買ってきましょうか？」

「いいえ、平気です。大丈夫です」

妙にきっぱりと断ってしまった。

「わかりました。もし何か困ったことがあったらケータイにお電話くださいね」

真奈が普段と変わらない声ではきはき言う。

きっとこの間教えてくれた、真奈のお気に入りという五百円の中華弁当を買いに行くのだろう。

お昼になると、中華料理店が店先に会議室用みたいな長テーブルを出して売っている弁当だ。持ち帰り用の白いビニール袋に入った状態で積み上げられた弁当は、安いのはもちろんのこと、胃もたれせずに食べられる、油が軽めで野菜中心のお惣菜(そうざい)が売りらしい。

真奈の話を聞いたときはぜひ買ってみたいと思ったけれど、この間近くまで行ったらスーツ姿の人たちが長蛇の列を作っているのを見て、すぐに諦めてコンビニに行き先を変更してしまった。

「はい、わかりました。行ってらっしゃ……」

元気を出そうと少し大きな声を出したら、不動産会社で働いていたときに営業に出る人を送り出す、いかにも体育会系っぽい「行ってらっしゃいっ！」というむやみに大きいだけの挨拶を思い出してしまった。

肩を落として、店内のカウンターテーブルの拭き掃除に取り掛かる。

このカウンターテーブルでは、洗濯や乾燥を待つ人たちがスマホやタブレットを手に時間つぶしをしていることが多い。

よくよく見るとわずかなコーヒーの染みが結構あるのに気付く。慌てて力を入れて拭く。

自動ドアの開く音がして顔を上げた。

どきんと胸が鳴った。

——あの子だ！

傷んだ茶色の髪に汚れたブーツ。この間と同じ破れた黒いジーンズ姿のドン・キホーテ青年だ。

青年は茜に気付くと顔を強張らせてから、わざとそっぽを向く。

「こんにちは」

無視されているとわかったが、茜は真奈との約束を思い出して、努めていつもどおりに言った。

青年は洗濯乾燥機の前に立った。

——今日こそは、時間どおりにちゃんと取りにきてくださいね。

そんな嫌みを言いたくてたまらない気持ちを必死で抑えて、青年を盗み見る。

あれ？

何かがおかしかった。

青年はコインランドリーにやってきているにしては、すごく身軽なのだ。

いつものドン・キホーテのビニール袋を持っていない。

両手が空いていて、背中に背負ったリュックはぺしゃんこだ。

青年はそのリュックを開けると、口を結んだコンビニの白いレジ袋を取り出した。

黒っぽいものを、指先でいかにも汚そうに摘まんだ。

すると、ぽい、とそれひとつだけをドラム内に放り込む。

「ちょ、ちょっと待ってください！　今、入れたもの、それ、何ですか⁉」

思わず悲鳴に近い声を上げていた。

「へ？　ただのTシャツだけど」

青年はさすがに茜の剣幕に驚いたように後ずさった。

「ただのTシャツを、どうして一枚だけ洗うんですか？　それもあんな……」

汚いものに触るような手つきで。

「これ、カビが生えてるんで」

青年があっさり言い切って、ドラムの中を指さした。

悪びれた様子は少しもない。

茜は目を剝いた。

「この洗濯乾燥機、あなただけじゃなくてみんなが使うんですよ。そんな触りたくもないような汚いものを洗わないでください」

ああもう、ほんとうに、何てマナーが悪いんだ。

次にこの台を使う人のことを考えられないんだろうか。

イライラする気持ちが黒い染みのように胸に広がっていく。

「何で？　汚いから洗うんじゃないの？」

思わず「えっ？」と訊き返した。

二人できょとんとした顔で見つめ合う。

「で、でも、それは……」

汚いから洗う。

確かに洗濯というのはそういうものだ。

「こんにちは！　何かお手伝いできることはありますか？」

ふいに真奈の声が響き渡った。

コートを羽織ってストールを巻いたままの姿だ。手にはお弁当の入った白いビニール袋を持っていた。

「私は店長の新井真奈です。いつもご利用ありがとうございます。やっとお会いできましたね」

真奈は息を切らせてそう言うと、まずは青年に、次に茜に向かって力強く頷いた。

5

「このコインランドリーでは無料で洗濯相談を受け付けています。もしよろしければ、その洗濯物について詳しく聞かせていただけますか？　きっとお力になれると思います」

真奈から〝初回サービス〟のコーヒーを受け取ったドン・キホーテ青年は、しばらく仏頂面をしていた。

挽きたての香ばしいコーヒーの香りが広がる。

しばらくしてから、青年は誘惑に負けたように一口飲んだ。

「……うまっ」

悔しそうに呟く。

「よかった！」

真奈がぱっと顔を輝かせると、青年の強張った頬から力が抜けた。

「えっと、あのー、俺って」

自分のことをぽつぽつと喋り出す。

名前は鈴木健吾。ここから徒歩圏内の関内駅から京浜東北・根岸線に乗った沿線にある、私立大学の一年生。茨城県の〝山奥〟にある実家を出て、三月半ばから近くのアパートでひとり暮らしを始めたばかりだ。

引っ越しにお金がかかったせいで、家に洗濯機なんて贅沢なものはない。

「大学で授業が始まって。サークルの新歓イベントとかもたくさんあって。バイトもあって、とにかくめちゃくちゃ忙しいんですよ」

横で聞いている茜は苦い気持ちになる。

大学の授業やバイトはまだしも、サークルの新歓イベントなんて、完全にただの遊びだ。

少し前の私なんて、今の君の百倍くらい忙しかったよ、なんて口に出しそうになるけれど、さすがにそれは大人げない。

「えっと、だから、洗濯物取りに来ることがぜんぜんできなくて……」

「そのことはいいんです。それより今日の洗濯物のことを聞かせてください」

真奈が首を横に振ってTシャツのことを話すように促した。

健吾は拗ねたように口を尖らせて、茜のほうをちらりと見た。

——はい、はい。真奈さんがそう言うなら私ももう怒りませんよ。

茜は肩を竦めて頷いた。

「じゃあ、見てもらえます？　こんな感じです」

健吾がドラムの中に手を突っ込んだ。

「わっ！」

茜は思わず声を漏らした。

摘まみ出された白地に黒い英語のロゴの入ったTシャツは、一面カビだらけだった。皺もプリントの剝げも一切ない新品に見える。だが染みのような黒い点々が全体にまんべんなく広がっていた。一部綿毛のような白いものが付着しているが、それもカビなのだろう。

思わず息を止めて顔を背けたくなった。

「買ったときのビニールに入れたまま何年も大事にとっておいたのに、昨日開けてみたらカビが生えちゃってたんです。だから洗おうと思ったんですけど、それって駄目なんですか？」

健吾が途方に暮れた顔をした。

真奈が顔色ひとつ変えずに頷く。

「そうですね。そのまま洗っては駄目です。コインランドリーを利用する際には、自分がされて嫌なことは他の人にもしないというマナーを守る必要があります。カビは色も残りますし、においも出やすくなりますから。それに、洋服に付着したカビの落とし方にはコツがあります」

真奈は店内奥にあるステンレス製のシンクへ向かった。

「健吾くん、そして茜さんもいらしてください」

シンクの上に置いてあった箱から、使い捨てマスクを取り出した。

「まずはマスクをしましょう。カビの胞子を吸い込むと身体に良くありません。目に見えないカビもありますので、しばらくしまっていたものを本格的にお手入れするときは、必ずマスクをしましょう」

「胞子……」

健吾は顔を引き攣らせて、慌ててマスクを着けた。

「では最初に、表面のカビを落としましょう。ベランダなど屋外で軽く叩いてカビを落とします」

真奈は流しの脇のドアを示した。

「そこの裏口からビルの裏手に出ることができます。叩き落とすときは、周囲に人がいないか注意してくださいね。自分がされて嫌なことは人にもしない、です」

真奈が健吾を見る。

「え？　は、はい」

健吾はきょとんとした表情を浮かべながら、案外素直に裏口から外に出た。

しばらくすると、白いカビが落ちて先ほどよりはましになったTシャツを手に戻って来た。

「結構しっかり叩いたんですけど、このあたりとかはぜんぜん取れなかったです」

墨汁が飛んだように黒い点々が広がったところを指さした。

「黒カビですね。白カビは表面に付着しているだけなので比較的簡単に落ちますが、黒カビは服の繊維の中にまで根を張っているので、少し手間がかかります。ひとまずはアルコールスプレーで黒カビの根を絶やしましょう」

真奈は健吾にアルコールスプレーを手渡した。

「黒カビ……。アルコールってどのくらいの量を付けたらいいんですか？」

健吾がアルコールスプレーを手に首を傾げた。

「たっぷりです」

「そんなに付けたら色落ちしませんか？」

「アルコールを服に付けると多少の色落ちがあります。けれど――」

「えっ！」

健吾が手を止めた。

「それ、困るんです。このTシャツ、中学の頃に大好きな海外のバンドのライブに初めて行ったときに買ったグッズなんです。もったいなくてずっと着られなくて、実家のタンスにしまいっぱなしだったんですけど……」

黒いカビの跡が点々と広がったTシャツを抱き締めそうな勢いだ。

「その気持ちよくわかります。私の家のクローゼットでも、まだ試着しかしたことがないお気に入りのTシャツが、いつか来るデビューの日を待っています」

健吾は、〝デビュー〟というところで共感するように頷いた。

「アルコールが服に付着してから変色するまでには、少し時間がかかります。だからすぐに洗い流せば大丈夫ですよ。アルコールは水に溶けやすいので、しっかり手洗いをすればほとんど落ちます」

「ほんとうですか？」

健吾が不安げな顔をした。

そのまましばらく黒カビの広がるTシャツを眺めていたが、健吾は、恐る恐る、という様子でTシャツがすっかり濡れるまでアルコールスプレーを振り掛けた。そうすることで、カビのにおいも服に残らなくなるらしい。

「そう、そう、完璧です！」

茜に仕事を教えてくれたときと同じセリフで、真奈はぱちぱちと手を叩く。

「次に、念入りに水で洗い流しましょう。それから酸素系漂白剤でしばらく浸け置きをします。くれぐれも塩素系漂白剤を使わないように気を付けてくださいね。似たような名前でも、この二つは全然違いますから」

「酸素系と塩素系って何が違うんですか？」

健吾が不思議そうな顔をした。

「塩素系漂白剤はとんでもなく強力な漂白除菌効果があるので、洗濯のときには真っ白な衣類にしか使えません。お風呂の継ぎ目を埋めるコーキング材に生える頑固な黒カビを落とせてしまうほどなので、洋服の染料なんて簡単に脱色してしまいます。普段、衣服の洗濯に使うのは、基本的に酸素系漂白剤だけです」

真奈が流しに並んでいた漂白剤を手に取り、《酸素系漂白剤》と書いてある部分を指さした。

洗濯桶にぬるま湯を張り、キャップ一杯の酸素系漂白剤を入れて、そこに水でアルコールを洗い流したTシャツを浸けた。

「これで、十五分ほど待ちます。ここまで汚れを落とせば、他の洗濯物と同じようにこの洗濯乾燥機で洗って問題ありません」

6

「あの……」

健吾が気まずそうに口を開いた。

「俺、ひとり暮らしって初めてなんですけど」

真奈が淹れ直したコーヒーを一口飲んで、真奈を、そして茜を見る。

——君の年齢を考えれば当たり前でしょ。

茜は思わず心の中でツッコミを入れた。

ふいに目の前の健吾という青年が、少しだけ可愛らしく思えてきた。

「すごいキツいっす」

健吾が照れくさそうに笑った。

「学校行って、家事ぜんぶやってると、本気で時間がなくて、ひたすら疲れ果てて、焦りまくってますよ」

健吾は洗濯桶の中のTシャツを見つめる。

「……それ、わかるかも」

茜は思わず口を開いた。

慣れない生活に戸惑う気持ち。やることがたくさんあるのに時間がなくて、疲れ果てている状況。

「え？　なんで？」

「……私も、学生の時そうだったから」

茜は情けない気持ちで笑った。楽しい学生時代はあっという間に過ぎ、あの不動産会社に入ったのだ。学生時代の忙しさとは比べものにならないほど、ノルマに追われ、とにかく自分のことでいっぱいいっぱいで、他の人の気持ちなんて考えられなかったときのことを思い出す。

健吾が戸惑いを隠すように目を逸らす。

「ちなみに食事はどうされているんですか？」

真奈が訊いた。

「基本、朝は食べないで昼はラーメン屋とか行って、夕飯はコンビニのおにぎりとかカップラーメンとか。俺、あんまり食べ物に興味ないんですよね。食べないなら食べないで別に平気なんです」

えっ、と茜は健吾の顔をまじまじと見つめた。

健吾は特に変わったことを言ったつもりはない様子で、きょとんとしている。

〝今時の若者〟というのはこんな感じなのかと、初めて自分はもうとっくに〝大人〟になっているのだと感じる。

「いえ、それは駄目です。ちゃんと食べましょうよ」

真奈が首を横に振った。

「授業は毎日あるんですか？」

「あ、はい。一年生は必修科目ばっかりなんで」

「それじゃあ、毎日一食は、必ず学食で食べるようにするといいですよ」

真奈が大事なことを教えるように言った。

「学食ですか？　味が薄くて病院食みたい、ってネットの口コミに書いてあったんで、あんまり行きたくないんですよね……」

健吾は気が進まない顔をした。

「学食は栄養バランスを考えられていて、お肉や野菜たっぷりのメニューが五百円くらいで食べられて、とてもお得なんです。味なんていいじゃないですか。どうせ食べ物に興味がないんですから、それをとことん利用しなくちゃ損です！」

真面目な顔で言う真奈に、健吾がぷっと笑った。

「なんか母親みたいなこと言いますね」

健吾が嬉しそうに身体を揺らして笑う。

「うちの母親、とにかくお得なものが大好きなんです。『利用しなくちゃ損！』っていうのが口癖なんですよ」

健吾はひとしきり笑ってから、少し寂しそうに目を細めた。

「食事はとても大事です。新しい環境に慣れるためには、まずは身体づくりが大切です。学食に通って、栄養バランスの良いものをとにかくたくさん摂ること」

真奈が静かに言った。

「ここ、コインランドリーですよね？　食事のことをアドバイスされるなんて、思ってなかったです」

健吾が苦笑した。

「早く健吾さんにひとり暮らしに慣れていただいて、なるべく迅速に洗濯物を回収しにきていただきたいんです」

そう言って笑った真奈と、健吾はまっすぐに顔を見合わせた。

「……わかりました。迷惑かけてすみませんでした」

健吾が、降参した、という様子でため息をついた。

「いいえ、別にそれほど迷惑ではありませんでした。ただ私たち、すごく気になっていたんです。洗濯は、生活の大事な一部ですから。だから今日お話ができてほんとうによかったです」

真奈がきっぱりと言い切り、

「ですよね？」

と傍らの茜に訊く。

「……はい」

そうだ、ほんとうはそれだけなのだ。

私はマナーが悪い見知らぬ誰かを、怖い顔で責め立てたいなんて思っていたわけじゃない。

私は綺麗に洗い上がった大事な洗濯ものを置き去りにするような暮らしをしている、見知らぬ誰かのことが心配だったのだ。

自分の心の中の靄をそんなふうに優しい言葉に換えてもらって、急に涙が出そうになった。

茜は慌てて軽く咳払いをする。

「ありがとうございます。心配かけてごめんなさい」

健吾は強張りがすっかり取れた子供のような顔で、照れくさそうにはにかんだ。

ほんの一週間前まで、茜の退勤時間の十七時には外は暗くなりかけていた。けれどこの短い期間でぐんと季節が進んだのか、晴れ渡った日中の天気のせいなのか、今日は外がずいぶん明るい。

「お先に失礼します」

茜がエプロンを外してコートを羽織る間に、真奈が店内に出ていた。使用中の機械はあるが、待っている客はいなかった。

「茜さん、今日はお疲れさまでした。ドン・キホーテくんと話せてよかったですね」

「健吾くんですね。最後はちゃんと素直に謝ったから、許してあげることにします」

わざと腰に手を当てて膨れっ面をしてみせたら、真奈が「そうしてあげてください」と、ころころ笑った。

「そうだ、真奈さん、知っていましたか？　谷戸坂に美味しいイタリアンのお店があるんです。お値段はディナーにしてはお手頃で、とてもいい雰囲気で、もちろん味もとても美味しかったです」

真奈の笑い声に、思わずそんなおしゃべりが口をついた。

「谷戸坂のイタリアン……。お店の名前はわかりますか？」

「えっと、ちょっと待ってくださいね。あ、これです。リストランテ・タカオカです」

スマホの履歴を辿って、真奈にネット上にあった外観写真を見せた。

数日前に散々な思いをしたはずのあの店を、こうして笑顔で真奈に紹介しているのは不思議だ。

でもこれでいいんだ。だってあの店はとても良い店だった。

偶然会いたくない人に会ってしまったからといって、嫌な思い出として、顰め面で胸に思い浮かべては、あの小柄でまっすぐな目をしたシェフに申し訳ない。

「あ、やっぱりリストランテ・タカオカのことでしたか！〝クリーニング高岡〟の充先生の弟さんのお店です」

「クリーニング高岡、ですか？」

あの坂道にクリーニング店があったかどうかは記憶にない。

「クリーニング高岡は、そのレストランのあるところからもう少し坂を上ったところにある老舗クリーニング店です。充先生は、私がクリーニング師の資格を取ったときに、お世話になった先生です」

コインランドリーで働くことに資格はいらない。だが洗濯代行サービスを行うには、クリーニング業法に基づいた国家資格であるクリーニング師の免許が必要らしい。

「クリーニング師って初めて聞きました。そんな資格があるんですね。その免許を取るのって、難しいんですか？」

「学科試験と実技試験があります。学科試験の勉強もたいへんでしたが、特に難しかったのがワイシャツのアイロンがけでした。試験前は、クリーニング高岡に通い詰めました」

「ワイシャツのアイロンがけ……ですか。それはすごく難しそうですね」

茜は社会人になってすぐの頃、リクルートスーツの下に着る白いブラウスのアイロンがけを何度か試して、少しもうまくできなかった記憶があった。

それからはブラウスといったら、形状記憶かとろみ素材のものしか着ていない。

「実は横浜は〝クリーニング業発祥の地〟なんです。特に谷戸坂には、それを記念した石碑も建っているんですよ。発祥となったお店はずいぶん昔になくなってしまったようですが、このあたりには何代も続く老舗クリーニング店がいくつかあるんです」

自動ドアが開いた。お客さんが入ってくる。

「あ、それじゃあ、また明日」

お互い早口で言い合って、真奈がお客さんのほうを向く。

店内に入ってきたのは、ダークグレーのスーツ姿の大塚だった。

「今、空いてる？　急いで仕事終わらせて来たんだよね。うちの会社って基本フレックスタイム制なんだけど、出勤の日は何だかんだで引き留められるからさ」

大塚は会社員だったのかと少し驚く。

普段の派手な服装と自信ありげな様子から、大事な商談にもパーカー姿で出席してしまうタイプの若手実業家に見えた。

フレックスタイム制だけでなく、〝出勤の日〟がある、つまり在宅ワークも許可されていることからすると、きっと大塚の会社は、茜が働いていたところよりもずっと大きな企業に違いない。

「はい、洗濯機も、洗濯乾燥機にも空きがありますよ」

真奈が笑顔で答えて、さりげなくバックヤードに向かった。

「やった、ありがと」

大塚はＴＵＭＩのビジネスリュックから、黒い洗濯ネットに入ったほんの少しだけの洗濯物を取り出して洗濯乾燥機に入れる。

「真奈さん、コーヒーお願い」

早速カウンターテーブルに座ってノートパソコンを開いた大塚が、バックヤードに向かって声を掛けた。

「はーい！　今すぐにお持ちします！　少々お待ちくださいー！」

真奈の代わりに茜が少々元気良すぎる声で答えたら、振り返った大塚が露骨に「お前、まだいたのかよ」という迷惑そうな顔をした。

第3章 ⚓ 明日の子供服

1

横浜にこんな得体の知れない場所があるなんて、引っ越しをすることになるまで少しも知らなかった。

神谷汐里(かみやしおり)は2Kの部屋に運び込まれた引っ越し業者の段ボールの山を前に、重苦しいため息をついた。

横浜中華街の外れにある築五十年超えのマンションだ。

右隣の雑居ビルの一階は古めかしい中華料理の店で、左隣のビルの一階は《タピオカミルクティー》の看板が残されたままシャッターが閉じられた空き店舗だった。

汐里のマンションの一階はチェーン店のピザ店が入っていて、店の前に配達用のバイクが数台停まっている。おそらく早朝から深夜まで、ばたばたと人の出入りがあるに違いない。

不動産会社に「この物件でしたら小さいお子さんがいても大丈夫ですよ。ペットも楽器も余裕でＯＫです」と言われた時点で覚悟はできていた。

幾度となく繰り返された住人の引っ越しのせいだろう、部屋の床板には家具の跡があちこちに残っていた。水道は小学校の廊下にあったような三角形の蛇口ハンドルを回す形で、キッチンの瞬間湯沸かし器の元は白かったであろうプラスチック製の筐体カバーは日焼けしたように黄ばんでいた。

「梨々花、お疲れさま。お引っ越し終わったよ。ママ、これからお片づけしなくちゃいけないから、ちょっとひとりで遊んでいてね」

胸に抱いていた梨々花を抱っこ紐から下ろす。

「うー」

梨々花はまだ言葉にならない声を上げて、不思議そうに周囲を見回す。

慌てて荷物の中からプレイマットを取り出して、床に敷く。

「あっ、ちょっと待ってね」

一歳半になったばかりでまだひとりで上手に歩くことができない梨々花を、この傷だらけの床に直に座らせるのは嫌だった。

プレイマットの上に、吉祥寺の絵本専門店で買った木製の積み木を置く。

ひとつひとつ職人手製の、角がすべて丸く削られた積み木だ。

大人が持ってもうっとりするように滑らかな手触りで、中にそれぞれ違った音が鳴る鈴が入っている。

梨々花が積み木を振ると、思ったより大きな鈴の音がした。

はっと身を強張らせたその瞬間、一階のピザ店のバイクのエンジン音が勢いよく響いた。鈴の音は一瞬で掻き消された。

「あうっ」

梨々花は目を丸くして驚いている。

この調子なら、子供が立てる音についてはそこまで神経質にならなくても大丈夫そうだ。

よかった、よかった。

自分自身に言い聞かせるように頷く。

「さあ、梨々花、ここがママと梨々花の新しいおうちよ。前のおうちよりちょっと古いし、ちょっと狭いけど……」

思わず、ごめんね、と言いそうになり、ぐっと奥歯を嚙み締めた。

駄目だ。梨々花の前で、決してネガティブなことを言ってはいけない。

「これからママと一緒に楽しく暮らそうね」

両手を顔の横に、ぱっと広げて笑ってみせた。

梨々花が「きゃっ」と声を上げて嬉しそうに笑った。

そういえば、今まで元夫と三人で暮らしていた桜木町のタワーマンションの築年数は、私たちの結婚生活の期間と同じだったな、なんてちらりと思う。

前のマンションからここまでは車で十分ほどだ。

梨々花はこれから新しい場所、それもパパがいない生活に慣れなくてはいけないのだから、大好きな先生とお友達がいる保育園だけは続けさせてやりたかった。

どうにかして梨々花が同じ保育園に通い続けることができる場所にこだわったら、育休から脱毛サロンの職場に復職したばかりの汐里に借りることができるのはこの部屋くらいだった。

「よしっ！　がんばるぞ！」

梨々花にも聞かせるように元気よく言って腕まくりをし、段ボールを開けた。

途端にディプティックのホームフレグランスの匂いが広がった。

新婚旅行で行ったバリのリッツカールトンで漂っていた香りだ。あまりにもいい匂いだったので、元夫に頼んでホテルのスタッフにブランドを訊いてもらったのだ。帰国してから二人で新宿伊勢丹に行き、「これこれ！」と顔を見合わせて喜んだ思い出の香りだ。

あの部屋から運び出した荷物に、まだこんなに柔らかく甘い匂いが残っていたことが苦しかった。

三つ年上の元夫とは、職場の同僚に誘われて行った飲み会で知り合った。誰でも知っている一部上場企業のエリートサラリーマンだった。

会話は滑らかで服装も洗練されていてデートの段取りもスマートで、一目で遊び慣れているとわかったけれど、そんな人が自分を〝本命の結婚相手〟として選んでくれたのが嬉しかった。

しかし、楽しかったのはあの新婚旅行までだった。

桜木町の新築のタワーマンションは、元夫が気に入ってほぼ独断で多額のローンを組んで買ったものだ。

元夫は毎晩、〝仕事の付き合い〟と称して日付が変わる頃に帰宅した。土日もほとんどが〝仕事〟の予定で埋まっていたので、家にいる時間はほとんどない。

「ほとんど家にいないのに、俺が全額ここのローンを払っているのって、不公平じゃね？」

すぐにそんなふうに文句を言って生活費を出し渋るようになったため、ローン以外の食費や水道光熱費といった暮らしにかかるお金は、手取り十六万円ほどの汐里のお給料からすべて出すことになった。もちろん家事はすべて汐里の仕事だ。

一切の節約をせずに湯水のようにお金を使っている元夫に不満はあったが、それは共働きで子供がいない今だけのことに違いないと思った。汐里が妊娠したらきっと変わってくれると信じていた。

縋(すが)るような気持ちで真剣に〝妊活〟を始めたら、独身時代にひとり暮らしをしていた頃はほとんど気にしていなかった、農薬や化学調味料、合成洗剤など、身体に悪いとされているものの情報ばかりが目に留まるようになった。

汐里がわざわざ遠くのオーガニックショップで〝無添加〟の調味料や有機野菜を買い求めてくると、元夫は「俺、もっと普通のやつが食べたいんだけど」と、苦笑いを浮かべた。

結婚一年で汐里は妊娠した。だが汐里の期待に反して、元夫は変わらず一切の生活費を入れてくれなかった。

妊娠生活は思ったよりもトラブルが多く、貧血で通院したり切迫流産で入院したりしているうちに、職場にも居づらくなった。生活もどんどん心もとなくなっていく。

意を決して、これからは生活費を入れてくれるようにと頼んだら、血相を変えて怒鳴り散らされた末に胸倉（むなぐら）を摑（つか）まれた。手を上げはしなかったがそのまま家を飛び出した元夫は、すべてのメッセージアプリで汐里のことをブロックし、電話も着信拒否して何日も帰って来なかった。

恥をかなぐり捨てて結婚式でスピーチをしてくれた共通の友人に相談すると、歯切れ悪そうに、とある女性のインスタグラムのアカウントを教えられた。

たくさんのプレゼントをくれて誰よりも自分のことを愛してくれる不倫相手との秘密の恋に悩む、若くて可愛い女の子のアカウントだった。

そのとき初めて、元夫は汐里と結婚してすぐの頃から会社の後輩と関係を持っていたと知った。

目の前が真っ暗になると同時に、胸の奥で「ほら、やっぱりね」と自分を責める冷たい声を聞いたような気がした。

ふいに、ばたん、ごちん、と音が響いた。

「きゃっ！　梨々花⁉　大丈夫？」

悲鳴を上げて梨々花に駆け寄った。

覚束（おぼつか）ない足取りでどうにか立ち上がったところで、転んでしまったのだろう。

梨々花は真っ赤（まっか）な顔をして大声で泣き出す。

「よしよし、痛かったね。かわいそうにね、いい子、いい子」

狭い部屋の中に梨々花の泣き声が響き渡った。

外からは負けじとばかり、先ほどとは別のバイクのエンジンの音が聞こえる。

「大丈夫だよ、大丈夫。いたいの、いたいの、とんでけー」

必死であやしながら、いつの間にか自分の目にも涙が浮かんでいると気付いた。

私はしっかりやってみせる。

汐里はぐすりと鼻を鳴らした。

——浮気くらいで離婚するの？　やめておきなさいよ。見て見ぬふりをしておけばいいじゃない。あんたにひとりで子供を育てるなんて無理よ。

母の刺々しい声が耳の奥に甦った。

私は、ずっと浮気に泣かされて、どんなひどいモラハラをされても父の言いなりになっていた母とは違う。

生活のためだけに結婚生活を続けるなんてありえない。

私はシングルマザーになってしまったし、お金だってぜんぜんないけれど、誰にも恥ずかしくない母親になってみせる。

汐里は頰を伝う涙を手の甲で力いっぱい拭った。

2

今日の横浜は、相変わらず天気が良いのに風が強い。

ヨコハマコインランドリーの前の道を早足で進む人たちが、寒そうに身を縮めてコートの襟を合わせている。

春の始まりらしく、街にはベージュのトレンチコートを着た人がとても多い。

「あの大塚さんって人、真奈さんに気がありませんか？　なんだか軽そうな人だし気を付けてくださいね」

右手に濡れ雑巾、左手に乾いた雑巾を手に洗濯機の掃除をしながら、茜は窓の向こうに目を向けた。

「今日は火曜日なので大塚さんは出社する日です。日中にいらっしゃることはないでしょう」

真奈がカウンターの整理をしながら、卓上カレンダーに目を向けた。

「大塚さんの行動パターン、把握しているんですか？」

「ご本人がそうお話しされていました。月、金はテレワークなので、朝からここに来ることができるそうです」

「月、金ですね。警戒しておきます」

茜は眉間にぐっと皺を寄せて頷く。それを見て真奈がくすっと笑う。

「このあたりに住んでいるんでしょうか？」

「山下公園近くのタワーマンションにお住まいだそうです。一年ほど前に離婚して、それまで奥さんと二人の息子さんと四人で暮らしていたお部屋はひとり暮らしには広すぎて、寂しいと仰っていました。家財道具はほとんど別れた奥さんにあげたので、今は家に洗濯機がないようです」

「そんなプライベートなことまで話してきたんですか？」

「一度、結婚を申し込まれました。『婚活とか興味ないですか？　もしあったら、ぜひ僕と結婚してもらいたいんですけど』って、非常に軽い調子ではありましたが。そこから怒濤のようにご自身のことをお話しされました」

「へっ？　それって、いつのことですか？」

驚いて訊き返した。

「ここをオープンしてすぐの頃です。初めて来店していただいた大塚さんに機械の使い方を説明したら、次にいらしたときに」

「いったいなんて答えたんですか？」

「無理ですと」

真奈がいつもよりも冷たい声でぴしゃりと言った。

「そのときに、出入り禁止にしなかったんですか？」

「向こうから謝罪されました。もうこんなことは決して言わないから、このコインランドリーのお客さんとしてこれからも通わせてくださいと頼まれましたので、こちらはお断りする理由がありません」

「口ではそんな改心したようなこと言ったって、ぜんぜん諦めてないじゃないですか」

——あの人、この間、私から真奈さんが独身かどうか訊き出そうとしたんですよ。

——結婚を申し込んで、思いっきり断られてから相手が独身かどうか探るなんて、順番が逆もいいところじゃないですか。

——あんなチャラいオッサンなんて、ぜったい駄目です！

そう続けようと思ったけれど、真奈は結婚しているのか、もししていないのなら恋人はいるのかと、茜も気になった。

純粋そうな真奈には、恋愛関係のごたごたは似合わない。

――大塚さんからは私が守ります、あの人、やっぱり変な奴かもしれないですし。

少し背筋を伸ばすと、心で呟いた。

「あれからまた結婚を申し込んでくるようなことはなかったのですから、気にしなくていいと思います」

真奈が肩を竦めて苦笑した。

「……真奈さんって、これまでにもそういうことってあったんですか？」

「えっ？」

真奈が不思議そうな顔をした。

「えっと、いや、だって真奈さん美人だし。口説かれたときの受け流し方も上手っていうか。冷静に受け止めて、ちゃんと嫌なものは嫌って伝えられるし、動揺しないし。かっこいいなって」

自分のことをよく知りもしないお客さんに面白半分で口説かれて、これからもその人としょっちゅう顔を合わせなくてはいけないなんて。

これが自分のことだったらと思うと、想像するだけで胃がきりきり痛む。

「年の功です」

真奈が澄ました顔で言った。

「それに長い間介護施設で働いていたので、唐突なプロポーズを聞き流すのは得意なんです」

悪戯(いたずら)っぽく笑う。

「真奈さんって、介護施設で働いていたんですね。この近くですか？」

「ええ、馬車道(ばしゃみち)の駅前です」

「そこって、もしかして、あのホテルみたいに豪華な……」

自動ドアが開いた。

茜は慌てて仕事の顔に戻って挨拶をした。

「おはようございます」

抱っこ紐で赤ちゃんを抱えたお母さんだ。

年齢は三十歳くらい。マスク姿でノーメイクだったけれど、セミロングの髪は艶々(つやつや)で、肌が綺麗な整った顔立ちの人だとわかる。

薄手のダウンコートの腕にはモンクレールのロゴが輝く。美容院で見た雑誌で〝港(みなと)区のセレブママ〟という肩書きの人が着ていた、確か二十万円くらいする超高級ダウンコートだ。

初めて見るお客さんだ。

茜は密かに彼女に〝セレブママ〟とあだ名をつけた。

セレブママは、洗濯物で大きく膨らんだ黒一色のナイロンバッグを肩に掛けている。

ランドリーの真ん中で仁王立ちになると、驚くほど鋭い顔をした。

「何かお手伝いできることはありますか？」

茜はいつものように声を掛けた。

「あの、使い方、どうすればいいんですか？」

セレブママが怒ったような声で言った。

「はい。洗濯機と、乾燥機と、二つが一緒になった洗濯乾燥機がありますが、どれをお使いになりますか？」

「洗濯乾燥機です」

早口で答えた。

「わかりました。こちらへどうぞ。洗濯乾燥機の使い方はとても簡単です。洗濯物を入れてお金を入れるだけで、自動で洗剤の量を調整して洗って乾燥するところまで――」

「ちょっと待ってください。洗剤って、もう最初から決まっているんですか？」

セレブママが言葉を遮った。

「あ、はい。機械に専用の洗剤が入っているので、わざわざ洗剤を買って入れていただく必要はありません」

「そういうことじゃないんですけど」

いったい何をそんなに苛立っているんだろう。茜は困ったようにセレブママの顔を見た。

「もういいです。急いでいるんで、もうそれでいいです」

そう言うと、セレブママは大きなナイロンバッグのチャックを勢いよく開けた。

大量の洗濯物が詰め込まれていた。

洗濯物が入れられたバッグというのはだいたい見た目よりも軽いものだが、このバッグは相当重そうだ。

「何かありましたらお気軽にお声掛けください」

洗濯物を見られたくないに違いないと、慌てて目を逸らそうとしたとき、

「安心してください。そんなふうに横でさりげなく確認していなくても、布オムツとかを洗いに来たわけじゃありませんから」

刺々しい声が返ってくる。茜はさすがに驚いた。

「そ、そんなこと思っていませんよ」

思わず大きく首を横に振った。

確かに基本的にユルくのんびりしたこのコインランドリーでも、洗濯できないものはある。例えば布オムツやペットの毛が付着したものなどだ。

しかし常に店内に茜か真奈のどちらかがいるからなのか、まだ実際にそういったものを洗いに来た人に出会ったことはなかった。

「うちの洗濯機、急に壊れちゃったんです」

セレブママは誰にともなく言うと、バッグをひっくり返して中身をドラムの中にすべて入れた。すると、ごつんと音がした。

「あっ、いけない」

決まり悪そうな顔でドラムから取り出したのは、《無添加自然のせっけん》と書かれた液体洗剤のボトルだ。

セレブママの胸元の抱っこ紐の中では、可愛い顔の赤ちゃんがすやすやと眠っていた。

「これ、忘れ物みたいっすよー」

使用中の洗濯機が多くなってきた頃、茜はドン・キホーテのビニール袋を手にした健吾に声を掛けられた。

「ありがとう！　あれ、今日、学校は？」

「やめてよ。母親みたいなこと言うの。今日は四限から」

健吾が苦笑した。

あれから健吾はだいたい週に一度、平日の夕方にやってきては、洗濯乾燥が終わるまでスマホをいじって過ごし、洗濯物を回収して帰って行く。午前中に来るのは珍しい。熱心にメッセージを打つ横顔がにやにやしているときもあるので、なかなか楽しい学生生活を満喫しているに違いない。

健吾から手渡されたのは小さな生成り(きな)り色の靴下の片方だ。履き口のところが少し縮んでしまっていた。

さっきのセレブママが抱いていた赤ちゃんの顔を思い出す。

靴下の足の裏部分には、ひらがなで《ささだりりか》と書いてある。

――りりかちゃんか。

お人形さんのようなあの子にぴったりの可愛らしい名前だ。

ヨコハマコインランドリーでは、忘れ物の洗濯物は透明なビニールに入れて作業台の上の忘れ物ケースに入れておくことにしている。

テープでビニール袋の口を止めて、売り物のように綺麗にケースに収めて時計を見ると、ちょうど十一時になったところだった。

「ちょっといいですか」

バックヤードに入って声をかけると、洗濯代行の洗濯物を畳んでいた真奈が顔を上げた。

「茜さん、明日もし――」

「少し前に来たお客さんのことなんですが――」

声が被って、顔を見合わせる。

真奈が、ぷっと噴き出した。

「お先にどうぞ。仕事のお話ですよね？」

「すみません。えっと、さっき来た赤ちゃんを抱っこしていたお客さん、洗濯機の中に子供用のちっちゃい靴下を忘れていっちゃったみたいなんです。真奈さんがいるときにもし来られたら、声を掛けてあげてください」

「子供用の靴下ですか。あのお母さん急いでいらしたみたいだし、ドラムの中をよく確認せずに帰ってしまったんですね。わかりました。もし見かけたらお伝えします」

真奈が頷いた。

「よろしくお願いします。たぶんお名前はささださんです。靴下にお名前が書いてありました。で、明日って、何ですか？」

茜は前のめりに訊いた。

明日は水曜日。ヨコハマコインランドリーの定休日だ。

「もし予定が合えば、一緒に谷戸坂へ行きませんか？　クリーニング高岡で、アイロンがけ教室があるんです」

谷戸坂。

岡本さんと出くわしてしまったあのレストランのあるところだ。

一瞬だけ身体が強張った。

「アイロンがけ、興味あります！」

けれど自分でも驚くほど前向きな言葉が出た。

真奈がクリーニング師を目指していたときに通い詰めたという、大事な場所に誘ってもらえたことが嬉しかった。

「よかった。基本的にはクリーニング師の試験対策のためにワイシャツのアイロンがけを教える教室ですが、私は正しいやり方を忘れないように、今でも時々通っているんです。茜さんもプロの技術を見学する良い機会になると思いますよ」

真奈の言葉に、胸にほっとするような温かいものが広がっていく。

どうしてだろう、と思ってから、ふいに気付く。

「真奈さんにそう言ってもらえて、嬉しいです」

「何のことですか？」

真奈が目を丸くした。

「プロの技術を見学する良い機会になるって言ってくれたことです」

「普通に思ったことを言っただけです。何か変だったでしょうか？」

真奈が小首を傾げる。

「い、いえ。変じゃありません。ぜんぜん変じゃないです。すみません」

変なことを言っているのは私だ。

茜は慌てて首を横に振った。

前の職場では、仕事に追われる私に声を掛けてくれる人なんていなかった。

それに、きっと前の職場の人たちだったら、私がアイロンがけを学びたいなんて言ったら、確実に花嫁修業のためかと馬鹿にされただろう。

けれど真奈の言葉に出てきた〝アイロンがけ〟は、プロフェッショナルな資格試験対策の実技教室だ。

そんな世界を覗かせてもらえるのが楽しみだった。

「それでは明日、一緒に行きましょう。あ、そうそう、さっき靴下の忘れ物の話のときに言い忘れていたのですが」

真奈が茜の目を見る。

「はい、何でしょう？」

「あのお客さんにお会いしても、くれぐれも〝ささださん〟とお名前をお呼びしないように気を付けてくださいね」

はっと気付く。

「確かにそうですね。スタッフが忘れ物の靴下の記名を見て名前を知ったなんて、絶対にいい気分がしませんよね。気を付けます」

コインランドリーで洗うのは、肌に触れていた洗濯物というとてもプライベートで他人には見られたくないものだからこそ、利用者との適度な距離感が大切だ。

特にあのセレブママは、そういうことに敏感そうな気がする。

いけない、いけない、と茜は胸の内で自分に言い聞かせた。

3

翌日、せっかくなので中華街で待ち合わせをし、ランチを食べて向かう。

首都高の高架下を流れる大きな川を元町側に渡り、川沿いの、車通りの多い道を歩く。

一本隣の通りは、高級スーパーやバッグ、アクセサリー、アンティークショップなどが並ぶ元町ショッピングストリートだ。

真っ白い狼のような、茜が見たこともない犬種の大型犬を二頭も連れた女の人が、颯爽と川沿いの道を散歩していた。すれ違いざまにダウンベストの胸に見覚えのあるモンクレールのロゴを見つけて、ちらりと昨日のセレブママのことを思い出す。

あのセレブママはこのあたりの住人なのかもしれない。

フランス山の緑が見えてきたところで、谷戸坂を上がった。真奈の歩幅に合わせて、ゆっくり歩く。

今日は気温が高くて風も穏やかだ。

少し坂道を上っただけで息が上がる。リストランテ・タカオカが右手に見えてきた。

真奈が立ち止まった。

ドアには《CLOSED》のプレートが掛かっていた。

「今日は定休日みたいですね。でも、いつか絶対一緒に来ましょうね！」

「ええ、ぜひ」

こうして並んで歩いていると、三月の〝最悪〟の日々が嘘のようだ。あの日外へ一歩踏み出してほんとうによかったと茜は思う。

「ここがクリーニング高岡です。リストランテ・タカオカのほんとうにすぐ近くでしょう？」

真奈が足を止めたのは、自動ドアの向こうにカウンターだけがある、レトロだけどいかにも町のクリーニング屋さん、という店構えの店だった。

こちらも今日は定休日のようで、店の電気は消えている。

「充先生、おはようございます。新井です」

真奈が無人のカウンターの奥に声を掛けると、「はーい」と声が響いた。

「新井さん、いらっしゃい。お待ちしていました」

真奈と同じくらいの背丈で、二十代前半くらいの小柄な男性だ。

「今日は体調不良の方のキャンセルが出てしまったので、マンツーマンです。あ、そうでした、見学の方もいらっしゃったんですね。初めまして、高岡充です」

皺ひとつない真っ白なTシャツにジーンズ。微かに色褪せてはいるけれど、洗いたてと一目でわかる年季の入ったグレーのエプロンをしていた。

茜は、嘘、と息を呑んでいた。

「あ、あの、もしかしてリストランテ・タカオカの……」

目の前にいるのは、つい先ほど通り過ぎたレストランのシェフその人にしか見えない。

「あっ、リストランテ・タカオカのお客さまだったんですね。あそこのシェフは、僕の双子の弟の修です」

「双子の弟さんでしたか！　この間初めて行ったんですが、ひとりでも過ごしやすい落ち着いたお店で、味もすごく美味しかったです」

なんだ、そうだったのかとほっと息を吐く。

「僕たち一卵性双生児で、身長体重もぴったり一緒なんです。子供の頃の写真を見ても、どっちが自分だかわからないくらいで」

充は気さくに笑うと、「お名前を伺ってもよろしいですか？」と丁寧に訊いてきた。

「中島茜です」

「中島さんですね。よろしくお願いします。今日は僕らだけなので、特別にアイロン室にご招待します」

充に連れられて店の奥に向かう。

四畳半ほどの狭いスペースの壁の一面には、たくさんの服がハンガーに掛かっていた。きっとお客さんから預かった服だろう。ワイシャツ、ワンピース、アウターなどの種類ごとにきちんと揃えてあった。

向かい側の壁には、機械室のようにたくさんの金属製の管が通っていた。そこから電線と管とで繋(つな)がれたアイロンが二台、布張りの大きなアイロン台の上にあった。

「ちょっとそこで見ててもらえますか？　これ、今日僕が着ようと思ってるシャツです。ちょっとだけデザインがカジュアルなんですけど、綿一〇〇％で立体縫製(ほうせい)なんで、ワイシャツのアイロンがけがどんなものかをイメージしてもらいやすいかと思います」

充が手にした水色のシャツは大きな皺こそないが、どこかくたびれた雰囲気だ。綺麗な水色がくすんで見えた。

「まず木綿の皺を伸ばすには、適度な熱と水分が何より大事です。このままじゃ絶対着れないなってくらいを目安に、しっかり水を含ませてください」

充がステンレス製の霧吹きでシャツを濡らす。

念入りに濡らしてから、シャツを掌にすっぽり収まる大きさまで折り畳んだ。うどんの生地(きじ)を捏(こ)ねるように腰を入れてしっかり畳む。

季節外れの白いTシャツから、充の案外がっちりした二の腕が覗いた。

「こうやって全体に水を馴染ませてから、ゆっくり皺を伸ばして……」

掌を大きく広げてシャツの表面を撫でる。

そこで充はアイロンを手に取った。

「えっと、どこからやるんだっけ？ なんか緊張するな。そう、そう、袖からです」

茜を見て冗談ぽく笑ったのは、その一瞬だけだった。

充のアイロンがシャツの表面を走った。

アイロンが通った後は、水色の生地がまるで鏡のように滑らかな光を放つ。

家庭用のアイロンのときのように、アイロンの熱と重みを使って荒れ地をローラー車で均すようにぐいぐい進んでいくのとはまったく違う。

充のアイロンは羽が生えたように軽々と、裏から、表から、複雑な縫製のミシン目に沿ってまっすぐに進む。

時間にしてほんの数分で、どこか野暮ったく見えた水色の綿シャツはシルクのように艶々になった。

まるで魔法のようだった。

「はい、これで完成です」

充がアイロンを置いた。エプロンを外してシャツを羽織った。

袖のボタンを留め、前身頃のボタンは三つ開けて胸元のTシャツを覗かせて着る。

「……すごい。さっきとはまったくの別人みたいです」

茜は思わず呟いた。

皺ひとつない真っ白なTシャツ姿も、職人らしくて清潔感があった。

だが、この何の変哲もない水色のシャツは適度にお洒落で品があり、何より誠実そうな充に似合っていた。

「僕のアイロンがけの実力をわかってもらえましたか?」

充が冗談っぽく笑った。

「やだ、ごめんなさいっ!」

ずいぶん失礼なことを言ってしまった。かっと顔が熱くなる。

「いいえ、いいんです。そんなふうに言ってもらえるの、めちゃくちゃ嬉しいです」

充が身体を揺らして笑うと、皺ひとつない水色のシャツも柔らかい光を放ちながら一緒に波打った。

茜はその姿に思わずぼんやりと見惚(みほ)れる。

「アイロンがけって、すごいんですね」

「充先生のアイロンがけの技術は日本一と言っても過言ではありません。自分のシャツの仕上げは充先生にしか頼めないっていう熱狂的なファンがあちこちにいるんですよ」

真奈が充の顔を見ながら誇らしげに言った。

「新井さん、それは大袈裟(おおげさ)ですって。海老原(えびはら)さんのおばあちゃんみたいな方が、他にも数人いらっしゃるってだけですよ」

充は茜が知らない人の名前を出して、顔を赤らめて頭を掻いた。

仲良しの二人の醸(かも)し出す雰囲気に、茜はほんの少し寂しさを覚える。

「それじゃあ、練習用のワイシャツを用意してありますので、新井さんもやってみましょうか」

「はい、わかりました」

充の隣で、真奈が緊張した顔でこくりと頷いた。

「新井さん、ずいぶん上手になりましたね。うちの店でも問題なく通用しますよ。とはいっても、今時はこうやって手仕上げのアイロンがけをやるお店って、すごく少なくなってしまいましたが」

充は、真奈がアイロンがけをしたワイシャツを手に満足げに頷いた。

真奈の仕事はとても丁寧だ。

ひとつの手順ごとにきちんと立ち止まって、次に何をしなくてはいけないのかを頭の中で確かめているのが横から見ていてもよくわかる。

立ち止まるといってもほんの数秒のことだ。

クリーニング師試験の技能試験の制限時間である十分にセットされたストップウォッチは、真奈がすべての作業を終えた時点でまだ二分近く残っていた。

真奈が仕上げたワイシャツは、コピー用紙みたいに滑らかでまっすぐだ。

きっとこのワイシャツを着たら、気持ちがぴりりと引き締まるに違いない。

とても真奈らしいアイロンがけだった。

「アイロンがけって、すべて手作業じゃないんですか？」

茜は訊いてみた。

「今はほとんどすべての店でプレスの機械を使っていますよ。濡れた状態でボディ型の仕上げ機にワイシャツを着せて、熱風とアイロンで皺を取るんです。もちろん、うちでも使っています。機械だと一瞬で仕上がるので、スピードコースのクリーニングには必需品です」

充が隣の部屋を指さした。

覗いてみると、台の上にマネキンの上半身ボディのようなものが載った、いかにも〝工場〟っぽい機械が置かれていた。

「アイロンがけ、中島さんもやってみますか？」

「えっ？　い、いえ、私はいいです。今日は見学に来ただけなので。それに、すごーく不器用なので」

茜は、なぜかとても動揺した。

何の変哲もないカジュアルな綿のシャツを、シルクみたいに艶々に変えてしまう充。

皺くちゃの疲れきったワイシャツを、かっちり整えてしまう真奈。

これから先が少しも見えず、やりたいことも定まっていない自分がやったら、きっと皺だらけのワイシャツにもっと大きな皺を作って台無しにしてしまう。

社会人になりたての頃に、家でワイシャツのアイロンがけをしたときのことを思い出した。

「最初からできる人なんていませんって。僕、一から教えますよ」

「いいえ、やめておきます！　まだまだ勇気が出ないです」

充が茜を見上げた。

「アイロンがけに、勇気、ですか？」

充と真奈が顔を見合わせると同時に、声を上げて笑い出す。

「茜さんって面白い人なんです。茜さんが来てくれたおかげで、ヨコハマコインランドリーがぐんと明るくなりました」

真奈の言葉が胸に広がる。

「確かに、今日はクリーニング高岡もずいぶん明るく感じます」

充がこちらに笑顔を向けた。

ほんの一瞬、緊張を忘れて、試しにやってみようかな、と思いかけたそのとき、いきなり空からごろごろと不穏な音が轟（とどろ）いた。

「雷……みたいですね」

充が窓の外を見た。

ぽつん、と大粒の雨が窓ガラスに当たった。

と思ったら、いきなり勢いよく降り出して、あっという間に滝のような大雨になった。

「たいへん！　天気予報、きちんと確認してくればよかったです。仕事がある日は毎朝必ずチェックしているんですが、今日は定休日なので油断してしまいました」

真奈が頭を抱えた。

「今日は雨の予報はなかったですよ。きっと通り雨だと思うんですが、それにしてもすごい勢いですね。傘、あります？」

充が真奈と茜を交互に見た。

「……わけないですよね」

「ごめんなさい、お借りできますか？　明日、返しに伺います」

真奈が申し訳なさそうに言った。

このあたりには、すぐに傘を買いに行けるようなコンビニはない。

「よかったら、ヨコハマコインランドリーまで車で送りますよ」

一呼吸おいてから、充は「ちょうど僕、出かける用事あるんで」と付け加えた。

充の車は《クリーニング高岡》と車体に書かれた大きなワゴン車だった。

古い車だったがさすがクリーニング店の車らしく、車体も窓も綺麗に磨き上げられていた。車内にも埃ひとつ落ちていない。

茜は二列目の席に真奈と並んで座った。

「弟の修って、小さい頃からものすごく肉が好きだったんです。いろんな肉を買ってきては自分で料理して、メモを取りながら食べてるんですよ。小学生の時、お年玉を貯めて、デパートの地下食品売り場に最高級の松阪牛（まつさかぎゅう）を一〇〇グラムだけ買いに行ったこともあったなあ。ずいぶん変わり者ですよね？」

充が運転する車が、リストランテ・タカオカの前を通った。

「松阪牛！」

真奈と顔を見合わせて笑う。

「両親も、そこまで好きなものがあるのはいいことだって、全力で応援していました。専門学校でイタリア料理に出会ったら、その瞬間に才能が大爆発です。都心の一流店であっという間にセカンド・カポクオーコ、フランス料理でいうスーシェフになり、その店のオーナーシェフの後押しもあって二年前に独立してあの店を開いたんですよ」

茜は、あれっ、と思う。

イタリアンで一人前の料理人になるには普通十年近くかかると何かで読んだ記憶がある。勝手に修や充のことを二十代前半くらいと想像していたけれど、実際の年齢は少なくとも三十歳前後になっているようだ。

確かに充のあのアイロンがけの技術を見ても、さりげない気配りからしても、茜よりも年下のはずがない。

充たち兄弟が小柄だからか、実年齢よりもずっと若いと勘違いしてしまったのだ。なんだか急に申し訳ない気持ちになった。

「そんなにお肉が好きなのに、ステーキ屋さんにはならなかったんですね」

　真奈が言う。

「僕もそう思ったんですが。本人が言うには、牛肉だけじゃなくて豚肉も鶏肉も鴨肉もラム肉も好きだから、どの肉もメインにできるイタリア料理を極めたかったそうです」

「なるほど。そんなこだわりがあるんですね」

「新井さんって、何肉がいちばん好きですか？　これ、修とよく話すんです」

「私は豚肉がいちばん好きです。牛丼よりも豚丼派です。デパートでやっていた北海道展で十勝豚の豚丼を初めて食べたとき、甘辛いタレが豚肉にぴったりで感動しました」

　真奈が勢いよく答えた。

　茜は急に豚丼が食べたくなってきた。

「中島さんは？」

「えっと、そうですねえ。ラム肉……だと思います。骨付きラムチョップが大好きなんですが、食べられるお店があまりないんですよね」

　考えながら答えた。真奈がすぐに反応する。

「ラム肉も美味しいですよね。同じ北海道展で初めてジンギスカンを食べたとき、トウガラシが入った辛めのタレが最高で……」

「真奈さん、北海道展好きなんですね」

二人で笑い合っているうちに、車はあっという間に首都高の高架下を抜け、中華街の門が見えてくる。

道行く人に目を向けると、大半がコンビニで調達したらしいビニール傘を持っている。中には諦めたように全身濡れネズミになっている人もいた。

信号が赤に変わった。目の前の横断歩道を、ハンドルの間に小さい子供を乗せるチャイルドシートのついた電動自転車に乗った女の人が走り抜けた。傘を差していないので、セミロングの髪がプールに飛び込んだように濡れていた。

「わ、あの人、危ないですね。前に赤ちゃん抱いていますよ。それにあんな大荷物……」

充が呟いた。

言われてもう一度見ると、女の人は雨から守るためにか、着ているコートの中に赤ちゃんを隠すように胸に抱いていた。

おまけに巨大なナイロン製の黒いバッグを肩に掛けて、危なっかしい手つきで自転車のハンドルを握っていた。

あの状態で転倒したらたいへんなことになる。

ふと、茜の脳裏を昨日の光景が過る。巨大なナイロン製の黒いバッグ。それに肩のあのロゴ――。

見覚えがあった。セレブママだ。

「真奈さん、あの人、赤ちゃんの靴下の人です！」

ささださんともセレブママとも呼べないので、そう言った。

「えっ？　お知り合いですか？　この車に乗ってもらってもいいですよ。ちょっとあれじゃ危険すぎて見ていられないんで……。自転車はどこかの駐輪場に置いてもらうことになっちゃいますが」

充が背後をちらりと振り返った。

きっと、自転車での移動中に急な雨に降られてしまって、慌ててチャイルドシートに座っていた赤ちゃんを胸に抱くことにしたのだろう。

セレブママの自転車のハンドルを握る手元が揺れた。

心臓が、ぎゅっと縮こまった。

「あ、茜さん――」

充の声が聞こえた気がしたけれど、考えるより先に反射的に身体が動く。

気付くと茜は、大雨の中を車の外へ飛び出していた。

4

ヨコハマコインランドリーの自動ドアの鍵を開けて、中の電気を点けた。営業中と間違えられないように、ロールスクリーンのカーテンを半分下ろす。

茜の腕の中で、小さな猫耳がついたニット帽を被った赤ちゃんが、外にお母さんの姿を見つけて、嬉しそうに笑った。

セレブママがヨコハマコインランドリーを目指していると知って驚いた。店はもう目と鼻の先だったので、ひとまず赤ちゃんと荷物を車で預かって待ち合わせることにしたのだ。

「洗濯乾燥が終わってもまだ雨が強く降っているようだったら、家まで送っていくんで連絡ください」

店の前に自転車を停めて店に入ってきたセレブママは、真奈から借りたタオルでびしょ濡れになった身体を拭きながら、充の提案に、とんでもない、というように強く首を横に振った。

「ありがとうございます。もう大丈夫です」

「赤ちゃんを連れてこの雨の中を自転車で走るのは、大丈夫じゃないですよ」

充が心配そうな顔をした。

「傘を買いますので」

「傘差して、自転車を運転したら危ないですよ」

「それじゃあ、レインコートを買います」

「それは今度、ゆっくり時間をかけて使いやすいものを選んでください」

充は眉毛を下げて笑うと、

「僕、今日はこの後、何の用事もなくて家にいるんで、ほんとうに気軽に連絡ください」

と、念を押すように言い残して去っていった。

確か外で用事があったはずだけれど、と思いながら、充が真奈と茜にずいぶんと気を遣ってくれていたんだと気付く。

セレブママがモンクレールのダウンコートを脱ぐと、床に水滴がぽたぽたと落ちた。

高級ダウンコートはさすがの撥水(はっすい)性のようで、驚くほど水を弾く。

「この店を目指していただいていたなんて、すごい偶然でしたね。さっき、お会いできてほんとうによかったです。せっかく来ていただいたのに店が閉まっていたら……」

「ぞっとします。コインランドリー、特別に開けていただいてありがとうございます」

　セレブママは青ざめた顔で言って、洗濯乾燥機にバッグの中身を放り込んだ。

　今日は、赤ちゃんの上掛けが入っているのが見えた。おまけに雨に濡れたせいで洗濯物はかなり重そうだ。

　これを肩に掛けて自転車を運転するなんて、どれほど大変だっただろう。

　セレブママが投入口に百円玉を入れると、機械が回り出した。

「コーヒー、お飲みになりますか？」

　真奈が訊くと、セレブママは首を横に振った。

「カフェインは控えているんです」

「そうでしたか、すみません。それじゃあ、お水でしたら大丈夫ですか？」

「お水？　いえ、お構いなく」

　セレブママは赤ちゃんを受け取ると、抱きしめるように身を縮ませる。

「ちょうどミネラルウォーターが切れそうなので、買ってきます。硬水と軟水、どちらがいいですか？」

　セレブママは、怪訝(けげん)そうな顔をしてから、

「……硬水を」

　と答える。

「硬水、エビアンかコントレックスですね。それじゃあ茜さん、少しお留守番をお願いしますね」

真奈がバックヤードの置き傘を手に表に出た。

残された茜は、ほんとうに留守番以外何もすることはない。

しばらくセレブママと二人、黙って洗濯乾燥機の音を聞いていた。

「ここって、水曜日がお休みなんですね。覚えておかなくちゃ」

先に口を開いたのはセレブママだった。

「はい。週に一度、水曜日だけがお休みです」

「私は接客――エステティシャンとして働いているんで、シフト勤務なんですが、仕事が休みの日に子供を保育園に預けるわけにはいかないので、昨日、今日と朝からこの子を連れて雑用で走り回っていました」

胸元の赤ちゃんに優しい目を向けた。

ピリピリしたイメージしかなかったセレブママが、本当はこんなに優しい顔をするんだと見入ってしまう。

「あ、そうだ。昨日来られたときに、お忘れ物がありました」

茜は、ぽんと手を叩いた。

作業台の上の忘れ物ケースの中から、小さな靴下が入ったビニール袋を見つけ出す。

「これです。お名前もこちらに書いてありますが、合っていますか？」

「あ……」

セレブママの顔が曇った。

忘れ物が見つかったときの反応にしては妙だ。

「ごめんなさい。違いましたか？」

セレブママは眉間に皺を寄せて、

「いいえ、この子の靴下です。ありがとうございます」

と強張った声で言った。

「よかったです。えっと、それじゃあ、これ、この黒のナイロンバッグに入れておきましょうか？　あ、でも私がバッグに勝手に触るのも失礼なので、えっと、どうしよう……」

セレブママが怖い顔をする理由がわからなくて、かなり動揺してしまう。

セレブママはそんな茜に小さくため息をつくと、「ごめんなさい」と呟いた。

「その名前、元夫の名字なんです。今は私たち二人は、神谷です。記名のあるものはぜんぶ書き換えたつもりだったんだけど、靴下の裏にあったのを忘れていました」

「そうだったんですね」

つまり離婚したばかりということなのだろう。

「洗濯乾燥機が壊れたっていうのも嘘。この子と二人で引っ越した部屋が古いマンションで、洗濯機置き場が雨ざらしの外廊下にしかないんです。引っ越しのときに、前の家で使っていた洗濯乾燥機を運び込むことができないって発覚して、ひどい目に遭いました」

「不動産会社の人、内見のときに教えてくれなかったんですか？　赤ちゃんがいるって知っていたんですよね？」

洗濯機置き場が屋内にない部屋は、女性入居者には不人気だ。

いくら気に入った部屋でもそれを理由に断られることは何度もあったので、茜が働いていた不動産会社では必ず内見の前に知らせていた。

「たぶん、何も言われなかったと思います。急いで引っ越し先を決めなくちゃいけなくて焦っていたので、ちゃんと確認しなかった私が悪いんです」

「わざわざ訊かなくて当たり前ですよ。いったいどこの不動産会社ですか？」

セレブママ——こと神谷さんはきょとんとした顔をしてから、

「ニコニコ不動産の山下店です」

と全国にチェーン展開をしている不動産会社の名前を言う。

「ニコニコでしたか！　あそこは時々、入社して数日の右も左もわからないような超新人を担当につけることがあるんです。いろいろ注文をつけてはっきり意見を言いそうなお客さんには、きちんとベテランを担当させるようですが」

「不動産業界のこと、詳しいんですね」

神谷さんが感心した顔をした。

「以前、不動産業界で働いていたんです」

事実を口に出したら、すっと胸が冷たくなった。

「どこのお店だったんですか？」

「私が働いていたところは、絶対やめたほうがいいですよ」

慌てて答えたら、神谷さんが「今、ここで働いているのはそういうことね」と、ぷっと噴き出した。

勢いよく回って脱水をしていた洗濯機が、そのとき止まった。

一休みの沈黙。

これから乾燥が始まるのだ。

「戻りました。遅くなってすみません。やっぱりすごい雨ですね」

入口の自動ドアが開いて、右手にペットボトルがたくさん入った重そうなビニール袋、左手にハンバーガーショップの茶色い紙袋を手にした真奈が、ジーンズの裾を濡らして戻って来た。

5

ドラムの中で洗濯物が軽やかに宙を舞う。

お日さまを思わせる、微かに香ばしい熱の匂い。

そしてフライドポテトの匂い——。

「さあ、遠慮なくどうぞ。ポテトは揚げたてです」

真奈が紙袋から、ハンバーガーとポテトのセットを次々に取り出した。

「普段は、作業台では飲食厳禁なんです。でも今日は定休日なので特別に。あ、お水、コントレックスを買ってきました」

コーヒー用の紙コップに、特徴的な形のペットボトルに入った水を注ぐ。

「私は結構です。ファーストフードは……」

神谷さんが強張った顔で首を横に振った。

「このポテト、揚げ具合も塩加減も絶妙なんです。でも、ひとつだけ大問題があって——」

真奈がにっこりと笑った。

「このポテトが最高に美味しいのって、揚げたての十分間だけなんです。それを過ぎてしまったら、あとは……」

言いにくそうな顔をした。

「だから走って戻ってきました。最高に美味しい時間、あと数分残っていると思いますので、ぜひ食べみてください！」

真奈は自分が作った料理をすすめる料理人のように、両手を広げてフライドポテトを示す。

真奈の服のそこかしこに雨垂れの跡ができていた。

フライドポテトの食欲をそそる匂いが広がる。

神谷さんがふいに泣きそうな顔をした。

「私、普段はファーストフードは食べないことにしているんです」

苦しげな声で言う。

「でも、今日はせっかく買ってきていただいたので」

神谷さんがポテトを一本手に取った。

まるで子供のようにポテトをぱくんと食べた。

「……美味しい」

気が抜けたような声には涙が滲んでいた。

「よかったです。茜さんもさあどうぞ。美味しさが逃げないうちに」

真奈は涼しげな顔で、焦らせるようなことを言う。

茜は慌ててポテトを口に運んだ。

まだ温かい。振りかけられた塩の粒がぴりりとしょっぱい。そして油の香ばしさ、ほくほくしたポテトの旨味が口の中に広がっていく。

「揚げたてってこんなに美味しいんですね。知らなかった」

「喜んでいただけて嬉しいです」

「横浜中華街駅前店ですよね？　今度行ってみます」

「ぜひぜひ！」

真奈が言ったように、こうしている間にもどんどんポテトは冷めて味が変わってしまう。

「なんだか中高生の頃を思い出しました。学校帰りに友達と食べるポテト、すごく美味しかったなあ。ちょっとお喋りに夢中になっている間に冷めてしまったポテトも、それはそれで美味しかったです」

最後の一本を食べ終えた神谷さんが、ぼんやりと呟いた。

「ファーストフードが身体によくないのは、もちろんわかっていますが。こんなふうに、すごく美味しい瞬間があるのでやめられないですよね」

真奈が満足そうに笑った。

神谷さんに向き合う。

「何かお手伝いできることはありますか？　このランドリーではよろず洗濯相談を受け付けています」

神谷さんが不思議そうに顔を上げた。

「洗濯相談？　って何ですか？」

「洗濯に関することで何か困ったことがありましたら、解決方法を一緒に考えます」

真奈が口元をしっかり結んだ。

カウンターの横のパネルに書かれた《洗濯相談　０円》という文字を振り返る。

「訊きたいこと、あります。コインランドリーで洗濯物が縮まないように洗うのって、コツがあるんですか？」

神谷さんがポケットから、ビニール袋に入ったままの忘れ物の靴下を取り出した。

「これ、縮んじゃってるんです。帰ってから洗濯物を見たらこの子の服は、ぜんぶ縮んでいました。スプレーで水をかけてアイロンで無理やりなんとか伸ばしましたが、手間もかかるしすごく惨めな気持ちになるんです」

神谷さんがため息をついた。

「前の家の洗濯乾燥機では、こんなふうに縮んでしまうことはなかったのに……」

「その靴下、見せていただいてもいいですか？」

真奈が忘れ物の靴下を受け取って、履き口の縮み具合を確かめる。

「手触りからすると、おそらく綿一〇〇％の生地ですね」

「ええ、この子の服はコットン一〇〇％のものだけって決めているんです」

「実は綿は、コインランドリーの乾燥機を使って乾かすと縮んでしまう素材なんです」

真奈が申し訳なさそうに言った。

「嘘！　Tシャツとか下着とか、それに子供服も。綿一〇〇％のものってすごくたくさんありますよね？」

神谷さんが身を乗り出した。

「このことを知らない方はとても多いです。乾燥機で服が縮んでしまうというお悩みは、ほとんどが素材の問題なんです。ウールやシルクなど、綿以外でも縮む素材はありますが、綿は幅広く普段着に使われていますから」

「前の家の洗濯機では、こんなふうにならなかったのに……」

神谷さんは前の家、と言うたびに眉間に皺を寄せた。

「家庭用の乾燥機は、ヒートポンプ式やヒーター式という低温で乾燥させる方式で、極力綿一〇〇％の縮みを少なくする工夫が施されているんです。ですがその反面、乾燥に平均二、三時間ほどかかります」

「コインランドリーの乾燥機は、その半分以下の乾燥時間で済みますよね」

「はい。つまり一長一短なんです」

神谷さんが何か考える顔をした。

「それじゃあ、どんなものだったら、コインランドリーの乾燥機でも縮まないんですか？」

「基本的に綿一〇〇％のものは、多少は必ず縮んでしまいます。ですが、ポリエステルやアクリルといった化学繊維が一定量混ざっていると、皺になりにくくて、ちょっとやそっとじゃ縮まない強くたくましい素材になります」

「強く、たくましくなるんですね」

神谷さんが胸に抱いた赤ちゃんに手を添えて、真奈をじっと見た。

「はい。綿一〇〇％の服の良さはもちろんたくさんあるので、赤ちゃんのうちはやはり綿素材がいちばん肌に優しいと思います。でももうちょっと大きくなったら、少し力を抜いて、強くたくましい化学繊維の力を借りるようにしてもいいと思いますよ」

「……わかりました」

神谷さんは頷くと、一息つくように紙コップを手に取って飲む。

「コントレックスの味って……」

神谷さんが、ふっと笑った。

「ポテトにぜんぜん合いませんね。やっぱりコーヒーいただけますか？　今日はそんな気分です」

「もちろんです」

真奈がカウンターに駆けていった。

「あの、さっきの話だけど」

神谷さんにふいに耳打ちされて驚いた。

「いつか次の引っ越しをするとき、不動産会社について来てくれますか？　あなたが一緒だったら、不人気物件を押し付けられてるかどうかって、すぐわかりますよね？」

うっ、と息が詰まった。

「え？　ええ、まあ、たぶん、きっと……」

歯切れ悪く答えると、神谷さんは可笑しそうに笑った。

「私、どうにかして、二年後の更新のときには今のところを出て行けるように頑張りますから。あなたも一緒に頑張りましょう」

はっとして神谷さんの顔を見た。

「コーヒーお待たせしました」

「わあ、嬉しい。挽きたてのコーヒー飲むなんて久しぶりです。この香りって、もしかしてブルーマウンテンですか？」

「よくわかりましたね。これまで、コーヒーがお好きなのにずっと我慢していらしたんですね」

「……はい。私、必要以上に身構えていたみたいです」

神谷さんが目を細めて美味しそうに一口コーヒーを飲んだ。

「身構える、ですか。お気持ちはわかる気がします。ところで当分雨は止みそうもないので、そろそろ充先生にお電話してみましょうか。自転車はこちらであずかりますよ」

「さっきの男性ですよね？　ほんとうにいいんですか？」

「今日は何も用事がなくてずっと家にいるって仰っていたので、大丈夫だと思いますよ」

「……すごくいい人なんですね」

「ええ、充先生は、今時めずらしい好青年です」

乾燥中の洗濯物が、紙吹雪(かみふぶき)のように華やかに舞っていた。

6

金曜日。真奈をバックヤードに追い立て朝から構えていたら、予想どおり大塚がやってきた。

「茜ちゃん、おはよ。コーヒーよろしく」

大塚はスポーツバッグの中身を洗濯乾燥機に放り込んで、カウンターテーブルに座ってノートパソコンを広げた。

「おはようございます」

お手伝いは特にいりませんね、と心の中で呟いて作り笑いを浮かべ、カウンターでコーヒーを淹れた。

「ねえ、今日、真奈さんどこ？」

せっかくコーヒーを持っていってあげたのに、むっとした顔をされた。

「今は店内にはいらっしゃいません」

「見たらわかるって」

真奈がいないと聞いて、大塚が急に声を潜める。

「ねえ、俺、実は真奈さんのこと、すごくいいなって思ってるんだよね」

「へー、そうなんですね」

そんなことつくに知っているし、真奈に軽い調子で結婚を申し込んで断られたこともちゃんと聞いている。

取り繕うこともなく、とことん素っ気ない返事をした。

「俺、一度結婚に失敗してるからさ、真奈さんみたいなタイプにすごく惹かれるんだよね」

「どういう意味ですか?」

茜には、話がまったく見えない。

「別れた嫁って、とにかく家のことが苦手だったんだよね。すごくだらしなくてさ。家事も育児も、何もかも、中途半端で最悪だったんだよ。毎日喧嘩してたらさ、ある日いきなり離婚届を置いて子供たちを連れて出て行っちゃって、それっきり」

大塚が苦笑いを浮かべた。

「一度、ひどい目に遭ったからさ。次は必ず家事育児をちゃんとやってくれる女性と結婚するって決めたんだよね」

「真奈さんが家のことをすべてやってくれそうな女性だと思ったから、『すごくいいなって思ってる』んですか?」

眉が、ぐっと尖った気がする。

「いや、いや、それだけじゃないよ。美人だし。それがいちばん大事だから」

最悪の返答だ。

「えっ? 茜ちゃん、何怒ってんの?」

苛立ちが顔に出てしまったに違いない。

「参ったな、ごめんね。俺、思ってることストレートに口に出しちゃうからさ。ウケがいい綺麗事とか言うのって苦手なんだよね。それに茜ちゃんの前だと、なぜか男同士みたいで本音が出ちゃうっていうかさ」

「じゃあ、こちらもストレートに言わせてもらってもいいですか?」

久しぶりに身長が大きくてよかった、と思った。

茜は背筋を伸ばして胸を張る。

「あ、うん。もちろん。茜ちゃんが言いたいこともわかるよ。今は、男性も女性も関係なく家事育児をやる時代ですって言うつもりでしょ？　でもさ、人って向き不向きがあると思わない？　俺は仕事が好きで同世代の平均よりずっと稼ぐことができるわけだから、それに合った人を探したい、ってただそれだけなんだよね」

「大塚さんって、お子さんに会いたいと思わないんですか？」

大塚の動きが止まった。

どうしてこんなことを言ったのか、茜自身にもわからなかった。

自分勝手なことをぺらぺらと気持ちよく喋っている大塚に、むっとしたのは間違いない。ほんとうは、ぜったいに真奈さんにお前なんかを近づけないぞ、と言いたかったのだ。

でも口から飛び出したのは、至って単純な疑問だった。

大塚はまだ動かない。

茜の言葉がとんでもなく強烈な一撃となったのがわかった。

ごめんなさい、と思わず謝ろうとしたそのとき、

「別に。俺、子育てって向いてないから」

大塚は、まるで不良ぶった高校生のように口を尖らせた。

そのとき自動ドアが開く音がして、男の人が入ってきた。

「あ、充先生！」

車で集配の途中なのだろう。《クリーニング高岡》とプリントされたグレーのエプロン姿だ。手には小さな猫耳のついた赤ちゃん用のニット帽を握っていた。

「これ、昨日の夜、新井さんに電話で伝えた、車に落ちていたニット帽です」

「昨日の夜、新井さん、電話」のひとつずつの単語に、大塚が耳を欹(そばだ)てたのがわかった。

「神谷さんの落とし物ですね。わざわざありがとうございます。今度来られたときに、お渡しします」

梨々花ちゃんが被っていた猫のニット帽だ。

一昨日、充の車でマンションまで送ってもらったときに、落としてしまったのだろう。

「お願いします。座席の下に落ちていたので気付くの遅くなっちゃってすみません。それで、あの……」

充がほんの一瞬だけ店内を見回した。

大塚が、ノートパソコンを熱心に覗き込むふりをする。

「来週どこかで、一緒に修の店に行きませんか？」

「真奈さんに訊いてみますね。でも、リストランテ・タカオカってそんなに遅くまでやっているんですか？　真奈さんを待っていたら十一時近くになってしまうと思いますけど」

「店は二十二時閉店です。つまり、えーと、もし嫌じゃなかったら、僕と中島さんの二人で行きませんか？　ってお誘いです」

「私と、二人で、ですか？」

呆気に取られて訊き返す。

大塚がいきなりむせたように咳払いをした。

「来週のディナーセット、メインのひとつがラム肉なんです。バジルと塩で焼いたラムチョップです。修のラムチョップはものすごくうまいんですよ。ぜひ中島さんに食べてもらいたいなと思って」

「ものすごく美味しいラムチョップ……ですか」

想像するだけで、うっとりと茜の頬が緩んだ。

第4章 ⚓ 生乾きのあなた

1

——真奈さん、今日、私、充先生とリストランテ・タカオカでラムチョップを食べてきます。充先生も、もちろん私も、ほんとうは真奈さんと一緒がいいので、今度はぜひ一緒に行きましょう！　ぜったい一緒に行きましょう！

帰り際にそんなふうに真奈に声を掛けていこうと思った。

けれど茜の仕事が終わる十七時には、真奈はちょうど忘れ物の梨々花ちゃんのニット帽を取りにきた神谷さんと楽しげにお喋りをしていた。

「何度もすみません。高岡さんが、濡れないようにって、車からマンションの入口まで傘を差してくれたんですよ。あんなに優しい人と結婚する人って幸せだろうなあって、しみじみ思っちゃいました」

充の話をしていると気付いて、慌てて素知らぬ顔で「お先に失礼します。梨々花ちゃん、またね」と、真奈と神谷さんには会釈を、梨々花ちゃんには手を振った。

考えてみれば、仕事中に話すタイミングは何度もあったはずだ。

変に隠してしまうと、後で気まずくなってしまう。

茜は、少し居心地悪い気持ちで歩き出した。

けれど、冷たい海風に当たりながらマリンタワーの光が映える山下の町並みを抜け、高架下を過ぎ、ひっそりとした谷戸坂を上り始めると、少しずつ、まあいいか、という気持ちになっていく。

――ものすごく美味しいラムチョップ。

あそこのラムチョップならば、間違いなく悶絶するくらい美味しいはずだ。

ぐうぐう鳴りそうなお腹を抱えて、息を切らせて足を進めた。

ふいに、今の私は結構幸せかもしれないな、と思う。

心地良い場所で素敵な人と一緒に働いて、新たに知り合った友人と大好物を食べに行く。

ほんの数ヶ月前には想像もできなかったような時間を過ごせている。

「こんばんは」

店内には、前回と同じようにまだお客さんは誰もいなかった。

「いらっしゃいませ。充から聞いています。メインはラムチョップですね？」

充とそっくりな顔をしたシェフの修が、奥から親しげな笑顔を見せた。

「はい！　ぜひラムチョップを！」

案内されたテーブルに座って待っていると、すぐに入口のドアが開いた。

「ごめんなさい、先に待ってなくちゃって思っていたんだけれど。待ちましたか？」

「いえ、今来たところです」

今日の充は、襟付きのネイビーのジャケット姿だ。

インナーのグレーのシャツに思わず目を奪われた。

「そのシャツって、充先生がアイロンがけしたんですか？」

「はい、もちろん」

「すごく綺麗ですね」

グレーのシャツは厚手で暖かそうな、いわゆる〝ネルシャツ〟素材だ。

ネルシャツは男性のカジュアルな服の代表のようなイメージだった。なのに充が着ているシャツは、適度な起毛感があるのに皺が一切なくて、まるで買ったばかりのカシミヤのニットのような光沢を放つ。

「嬉しいです。無地のフランネルって、実はちょっとコツがいるんです。ワイシャツみたいにアイロン温度を高くしてぱりっとさせることができないので、中温で、スチームで伸ばしていくイメージです。アイロンがけの最後にブラッシングをすると、こんなふうに柔らかい生地感が出ます」

充がシャツの胸元を引っ張った。

確かにとても柔らかい感じがした。

充がテーブルの上の魚の形をしたガラスボトルから、まずは茜の、次に自分のグラスに水を注いだ。

「ありがとうございます」

噛んだら割れてしまいそうなくらい薄いワイングラスで飲む水は美味しかった。

「あのときは驚きました。あんなどしゃぶりの中に飛び出していくなんて」

充が言った。

先週の水曜日に、どしゃぶりの雨の中、自転車で走っていた神谷さんを茜が呼び止めに行ったときの話をしているとわかった。

「びっくりさせてすみませんでした。身体が勝手に動いてしまって」

でも、帰り際の神谷さんの嘘のように安らいだ顔を見たら、あのとき声を掛けてよかったと心から思った。

「いやいや、謝ることなんてないですよ。すごいな、格好いいなって。でも、全身ずぶ濡れになっていたから、心配でした。風邪をひかなければいいなって」

「そんなに、でしたか？」

とにかく必死だったので、自分ではあまり気付いていなかった。確かにランドリーに到着した瞬間に、真奈が慌ててタオルを持ってきてくれたのは覚えているが。

「ええ。プールから上がった人みたいになっていました」

充が真面目な顔で言う。

二人で顔を見合わせて、ぷっと噴き出した。

「クリーニング屋さんって、毎日忙しいんですか？」

茜は緊張を振り払うように話題を変えた。

「店は七時までですが、五時以降はパートの人に受付をお願いしているので、夜遅くなることはあまりないです。明るいうちにクリーニングやアイロンがけの作業をして、夕方からは雑務とか家族からの頼まれ事をやっています」

ふと充の手元に目が向いた。

とてもしなやかで綺麗な指のはずなのに、指先は荒れて皮膚が分厚くなっていて、手の甲にはいくつか火傷の痕がある。

この人は紛れもなく職人さんなのだと改めて気付く。

「初めて聞く世界です。うちは両親ともに会社員だったので」

「家族経営の自営業っていい加減なんです。祖母を週二回病院に送り迎えするのだって仕事の一部って感覚です。そんなことも含めて家族ぐるみで効率的にやらなかったら、店が立ち行かなくなっちゃうんで」

充が恥ずかしそうに笑う。

「だから今、仕事が忙しいのか、それとも忙しくないのか、自分ではよくわかっていないんです」

「なんだかそういうのって、すごく羨ましいです」

こんなふうに、仕事と日常が一体になったように働いている人がいるのか。

きっと充は、こっそりサボってスマホに没頭したり、仮病で休んだりしないし、売上だけのために気弱そうなお客さんを騙すようなこともしないだろう。

「茜さん、前は不動産関係のお仕事されていたんですよね？　すごく忙しかったんじゃないですか」

「えっ？　どうして知っているんですか？」

ぎくりと胸が震えた。

「この間、神谷さんを家まで送ったときに教えてもらいました。茜さんはとても優秀な不動産会社の営業だったって」

「まさか！　やだ、私、そんなこと一言も言っていないです。なんで神谷さん……」

頬が、かっと熱くなる。

「茜さんが自分で言ったなんて思っていませんよ。でも神谷さんにはわかったみたいです。『私も引っ越しのとき、茜さんみたいな人に担当してもらいたかったな』って言っていましたよ」

「そんな……」

顔が強張る。胸が痛い。

神谷さんを、それに充も騙しているような気持ちになる。

「私、少しも優秀な営業なんかじゃありませんでした」

茜は視線を逸らすようにテーブルの上を見た。

「前の仕事をしているときの私は、ほんとうに最悪だったんです」

身体がどんどん小さくなっていくのがわかる。

「ひたすら数字に追われて、気弱なお客さんに不人気物件を押し付けたりもしました。それこそ私のせいで、神谷さんみたいに入居してから不便で嫌な思いをした人もいたに違いありません」

——せっかくの楽しいディナーなのに、私はどうして知り合ったばかりの人に、誰にもしたことのないこんな話をしているんだろう。

頭を抱えたい気分になった。

「はい、ラムチョップ、お待ちっ！」

ラーメン店の店主のような口調で、シェフがお皿を茜の前に置いた。

顔を上げると、充にそっくりな顔が得意げに胸を張る。

「リストランテ・タカオカの特製ラムチョップ、食べてみてください！」

「前菜、まだ来てないんだけど」

充が可笑しそうに言った。

「前菜なんて後から食べればいいって。まずはラムチョップを！」

真っ白いお皿の上に、骨付きのラムチョップが二本。皮つきのベイクドポテトの上にバツ印を描くように載っている。

表面はこんがりと焼き色がつき、ナイフを入れると中はほんのりピンク色だ。

魅せられたように指先で骨を摘まんだら、ハーブと岩塩のざらざらした感触。

一口齧ると、ラム肉の香りに岩塩のほどよい塩気と、香りとともにハーブの苦みが溶け合う。

「いかがですか?」

「世界一のラムチョップです!」

茜は断言した。

「やった!」

双子が同じ顔でガッツポーズをした。

「ほんとうに美味しいです。今まで食べた中でいちばん……」

茜はなぜか涙が出そうになった。

もう一度大きな口を開けてラムチョップを齧った。やっぱり美味しい。今まで食べたラムチョップの中でほんとうにいちばんだ。

「元気になりましたか?」

充が嬉しそうに訊いた。

「はい、元気になりました」

茜は大きく頷いた。

「もう一皿頼んで、一本ずつシェアしませんか?」

「はい、喜んで」

――望むところだ。

そんな力強い言葉が茜の胸の中に響いた。

2

「ねえお父さん、これ、いったいどうしちゃったのよ⁉」

玄関先でひとり娘の幸子（さちこ）が甲高（かんだか）い声を上げた。都内で小学校の教師をしている幸子は、いちいち声が大きい。

俊三（しゅんぞう）は思わず顔を顰めた。広げていた新聞を閉じて、脇にぽいと放った。

「嘘でしょう?　まさかたった一ヶ月で、こんなになっちゃってるなんて……」

悲痛な声を上げた幸子が、家の中の物を押し退（の）けながら廊下を進んでくる。

「ねえ、お父さん、しっかりしてよ。この家、まるでゴミ屋敷よ」

「ゴミ屋敷?」

ソファに身を沈めたまま低い声で訊き返したら、幸子がはっとしたように黙った。

「ちょうど片づけようと思っていたところだ。この一ヶ月は、疲れて休んでいたんだ」

親に向かって何という口の利き方だ、と俊三は幸子を睨みつけた。

「……そうね。お母さんのお葬式の日、すごく寒かったもんね。疲れちゃったよね」

幸子が急に子供をあやすような口調になった。

およそひと月前、妻の久江が亡くなった。

馬鹿にするなとは思うが、甲高い声で怒鳴られるよりはずっとましだ。

「私もあれから仕事が忙しくて、顔を出せなくてごめんね。これからは、もっと頻繁に来るようにするから」

何とも悲痛な表情だ。

幸子は府中のマンションで夫と、大学生、高校生の息子と四人で暮らしている。

ここからは電車とバスを乗り継いで二時間近くかかるので、用事もなく顔を見せたことはほとんどない。

「しばらくは、週に一度……は、来るようにするね。ごめんね」

既にその声に、どっと疲労が滲んでいるのが鬱陶しい。

昨今、教師という仕事はただ事ではなく忙しいとテレビのニュースで取り上げられるたびに、久江と「幸子もたいへんだねえ」と顔を見合わせたのを思い出す。

「お前の助けなぞまだ必要ない」

俊三は、うるさい、というように手で払った。

「まだ必要ないって、そんなわけないでしょう？　服だって、これ、何日着ているの？」

幸子が俊三のシャツの袖を握った。

「出かけないから汚れていない」

「嘘。だって皺くちゃだし、においも……」

手を乱暴に振り払うと、幸子が今にも泣き出しそうな顔をする。

「放っておいてくれ！」

かっとなって思わず声を荒らげると、ほんとうに幸子の目から涙が溢れ出した。

「放っておいてくれって、そんな言い方ないでしょう……」

泣き顔を見せたくないのか、唇を結んで洗面所に駆けていく。

ちょっと強く言いすぎたかな、と幸子の背中を横目で追う。

もしもここに久江がいたら、「もう、お父さんったら」と窘（たしな）めてくれたに違いない。

幸子が思春期を迎えた頃から、二人きりで話した記憶はほとんどない。けれど決して仲が悪い父娘というわけではなかったはずだ。

久江と幸子が、洗濯物を干したり皿洗いをしながら他愛もない話で笑い合っている姿には、いつも安らぎを感じていた。

と、そのとき、

「お父さん！　何なのこれ⁉」

家じゅうに響き渡るような悲鳴が聞こえた。

俊三は頭を抱えた。

「ねえ、もしかしてお風呂、お葬式のときから一度も入っていないの？」

居間に戻って来た幸子の顔は青ざめていた。

とりあえず風呂場に放り込んでおいた、汚れた洗濯物のことを言っているのだろう。

「週に数回は身体を拭いている。今の時期はそれでじゅうぶんだ」

俊三は憮然（ぶぜん）として答えた。

二十年以上前に、ボタンひとつで風呂が沸く全自動給湯器にリフォームをしていた。

だが自分ひとりのためだけに毎日風呂に湯を張り、上がった後その湯を捨てて、さらに風呂掃除をするなんて心底面倒だった。

シャワーで済ませたこともあったが、かえって寒さが身に沁みる。

結局、風呂場は汚れもの置き場に変わり、週に数回、台所で湯を浸したタオルで身体を拭いて、それを入浴代わりにした。洗濯物は、着替えがなくなったら、ボディーソープをつけて手洗いしていた。

「じゅうぶんなわけないわよ。お風呂は毎日入らなくちゃ」

「年寄りは汗を掻かないいんだ」

それにこのひと月、家の中に籠もりきりでほとんど外出をしていない。

幸子が大きなため息をついた。

「洗濯物、どうしてあんなに溜まっているの？　ねえ、もしかしてお父さん、洗濯機の使い方がわからないの？」

責めるような響きを感じた。

俊三が現役の頃はもちろん、定年退職後も、これまで家のことは何から何まで七つ年下の久江がやってくれていた。

三年前、久江が足を骨折して入院したときに、老後の暮らしについて話したことはあった。だが、俊三が「まあでも、俺が先に死ぬから大丈夫だな」と言うと、久江は「あなたのほうが七つも年上ですからね」と笑って、そこで話は終わってしまっていた。

まさか久江が先に亡くなってしまうなんて。それも何の心の準備もできないまま、ある朝、急に亡くなってしまうなんて思ってもみなかった。

「うるさい！　お前に何がわかる！」

俊三は、怒鳴り飛ばして立ち上がった。

「どこに行くの?」

「コインランドリーに行ってくる。その洗濯機は壊れているんだ」

ほんとうは壊れてなんていないと知っていた。

久江は電化製品が壊れたら、一日だってそのままにしておくような性格ではなかった。もし壊れたらその日のうちに駅前の個人経営の電器店に電話して、修理に来てくれるように頼むはずだ。

——壊れているんだ。

久江がいなくなってから一度も触ったことのない、そして幸子が言ったとおり、使い方が分からない洗濯機のことは、そう言い捨てるしかなかった。

「そんなことないわよ。使い方を教えてあげるから、今から一緒にやってみましょうよ。それとお掃除の仕方と、簡単な食事の作り方も……」

「お前に教えてもらうことなんてない。ひとりでできる」

「できていないじゃない!」

「さっき言っただろう? ここしばらく疲れていただけだ。これからはちゃんとする」

俊三はプラスチックの洗濯カゴを手に取って、風呂場に積み上げていた洗濯物を手あたり次第詰め込んだ。

「お父さん、待ってよ！」

背中を追いかけて来る幸子の声を無視して外に出た。

玄関先に枯れた鉢植えがいくつも並んでいた。

3

今日は月曜日なので朝からカウンターテーブルに大塚がいる。

「はい、コーヒー一丁、お待ちっ！」

リストランテ・タカオカの修の真似をして、ラーメン店の店主の口調で言ってみた。

「わっ！　何それ？　でもその雑な感じ、茜ちゃんに合ってるかも」

大塚はいちいち腹が立つことを言う。

「せっかく来たのに残念ですね。今日も真奈さんはバックヤードでお仕事中です。雑な私が対応させていただきますね。何かお手伝いできることがあればお声を掛けてください」

こちらも嫌みで返す。

「あのちっちゃい男とのデート、うまくいったの？」

茜は動きを止めた。

「大塚さんって、ホント性格悪いですね」

大塚に向き合って、眉間に皺を寄せた。

「なんで？　君の彼氏の身長が小さいから、そう言っただけだけど？」

「言い方に悪意があります。それに彼氏じゃないです。デートでもないです」

「悪口に聞こえたとしたら、それは茜ちゃんの偏見だよ。俺、デカイとかちっちゃいとか、ただ自分を基準に言っているだけだから」

「へえ、まるで少年のように純真なんですね。でも言葉の選び方には気を付けたほうがいいですよ。それにその理屈だと、私のことをデカイ女というのは違いますよね？　私、大塚さんより高くないです」

「身長いくつ？」

「一七五……いえ、六です」

「俺は一七五、このスニーカー履いてぎりぎり一八〇だから。茜ちゃんのほうが一センチデカイよ」

大塚が示した黒いスニーカーの底は、確かに五センチほどある。

「スニーカーを履いた状態で、身長を測っているんですか？」

「そうだよ？　靴を選ぶときは、履いた状態で身長一八〇になるものって決めてるから。今はスマホで測れるようになったから便利だよね」

「その一八〇って数字には何か意味があるんですか？」

「別に。なんか一八〇ってかっこいいからさ」

あまりにも軽い調子に力が抜けた。

この人は、もしかしたらほんとうに何も考えていないのかもしれない。

自動ドアが開いた。初めて見る老齢の男性が立っている。

「おはようございます」

いつもの声掛けをしようと駆け寄った瞬間に、うわっと思った。

思わず顔を顰めてしまうような異臭が漂っている。

茜はカウンターの奥に真奈の姿を捜した。

「これ、洗濯やっといて」

高齢の男性が、洗濯物が詰め込まれたプラスチックのカゴを突き出す。

年齢は八十を少し過ぎたくらいだろうか。

少し髭が伸びていて髪が乱れていた。けれどパッと見、不潔な感じではない。

なのに、このにおい。濡れ雑巾のようなにおいは、いったい何なんだ。

「えっと、このコインランドリーはすべてセルフサービスになります」

息を止めながら喋ったのでひどい鼻声になった。

「いいから、やっといて」

「洗濯代行のお申し込みですか？」

「何それ？」

「こちらの別料金をいただくと、洗濯代行サービスといって、受け取った洗濯物を洗って乾かして畳むところまで……」

「別料金？　いらない、いらない」

老人が、まるで悪質商法には騙されないぞとでもいうかのように嫌な顔をした。

「それでは、機械の使い方を説明しますね。こちらにどうぞ」

「最初からそう言えばいいだろう。使えない店員だな」

大きい声にぎょっとした。

大塚の他に店内にお客さんがいない時でよかった。

「こちらが、洗濯機、乾燥機、洗濯乾燥機になります。どれをお使いになりますか？」

「そんなこと言われても、どう違うのかわからないよ」

老人は苛立っている様子だ。

今まで自分で洗濯をしたことが一度もないのかもしれない。

「えっと、こちらの洗濯機は、洗濯物を洗ってすすいで脱水までをする機械です」

「ああ、それ、それ。それでいいんだ」

老人が早速洗濯機のドアに手を掛ける。

「ちょ、ちょっと待ってください。まだ説明の途中です」

「あんた、うるさいな！　放っておいてくれよ！」

いきなりとんでもない勢いで怒鳴りつけられた。

呆気に取られ、悲しくもないのに涙が一粒ぽろりと落ちた。

「威圧的な態度を取るのはやめてください。彼女は何も悪くありませんよ。今のあなたに最適な機械を教えようとしていたんです」

驚いて振り返ると、険しい顔をした大塚が仁王立ちになっていた。

スニーカーで盛った一八〇の身長も相まってか、低い声を出した大塚は相当強面（こわもて）の男に見える。

老人が明らかに怯んだのがわかった。

「おひとり暮らしですか？」

大塚が一歩前に出た。

「……ああ、そうだよ」

老人が目を泳がせた。

「洗った洗濯物は水を吸って重くなりますよ。その重くなった洗濯物をわざわざ持って帰ってでも、ご自身で干したい理由がありますか？」

「……干したい理由だって？　まさか。そんなものはないさ」

老人が顔を顰めた。

「じゃあ洗濯乾燥機がいいですよ。手伝います」

大塚が顔色ひとつ変えずに、老人の洗濯物をすべて洗濯乾燥機に入れ直した。もわっと強いにおいが漂う。

老人は気が抜けたような顔で黙って見ていた。

「お金、ください」

大塚が老人に向かって掌を差し出す。

「あっ……」

老人が分厚い財布から覚束ない手つきで千円札を取り出した。

大塚はその千円札を両替機で崩すと、ガラスドアをしっかり閉めて小銭を七枚入れた。

「はい、これで終わりです。このパネルに書いてある五十五分後に、洗濯物は乾燥まで終わっています。また改めて取りに来てください。簡単ですよね？」

　そう言って大塚はお釣りを渡す。

　ここまでの所要時間はおそらく一分以内だ。

「え？　あ？　ああ」

　老人は礼を言うことも忘れた様子で、ふらつく足取りで店から出て行った。

「大塚さん、ありがとうございます」

　まさか助けてもらえるとは思わなかった。

「いや、すごいにおいだったからさ、一刻も早く出ていって欲しかっただけだよ。あの人がずっと揉めてたら、俺も仕事に集中できないからさ」

　大塚は、お礼を言ったことを後悔したくなるようなことを言う。

「……においは確かにすごかったですね。そこまで不潔な人には見えませんでしたが。ひとり暮らしって言っていましたが、だいじょうぶなんですかね」

「あの、茜さん？」

　カウンターに真奈が出てきていた。

「あ、真奈さん。まだ当分大塚さんは帰らないっぽいので、ゆっくりバックヤードにいてください」

「茜ちゃん、それひどいよ……」

大塚が大袈裟に頭を抱えてみせた。

「今帰られたご老人、ひとり暮らしって仰っていましたか?」

真奈が真剣な顔で訊いてくる。

「え? はい、そうみたいです」

「そうでしたか」

真奈が寂しそうに目を伏せた。

「お知り合いですか?」

「ええ、たぶん。三年前、前の職場で骨折手術後のリハビリを利用されていた方のご主人です。とても仲良しで、いつも奥さまのリハビリに付き添われていました。奥さまはご高齢なのに家のことをすべてご自分でされていると仰っていたので、ご主人がひとりでコインランドリーにいらっしゃるってことは……」

「その奥さま、亡くなったんでしょうか」

茜が言葉を継ぐと、真奈はゆっくり頷いた。

「茜さん、これ、前に話していた人気のちまきです。さっきそのお店の前を通りかかったら、誰も並んでいなくてあっさり買えてしまいました。一緒に食べませんか？」

昼休憩から戻った真奈が、笹の葉に包まれた大きなちまきを差し出した。

「ええっ！　ありがとうございます。いただきます！」

以前真奈からおすすめされた、中華街の路地裏にある店のちまきだ。土日は開店前に並んでいた人の分だけで売り切れてしまうほどの人気だという。

「ちょうどお客さんがいないので、温かいうちにバックヤードで一緒に食べましょう」

「やった！」

バックヤードで、二人でちまきを頬張った。

どっしりしたもち米の重みを感じた。八角の甘い匂いが微かに香る。

豚の角煮や椎茸、干し海老など、大きな具がごろごろ入っていて、どこから齧ったらいいのか一瞬迷う。

「……さすが人気店のちまきですね。ピーナッツともち米がこんなに合うなんて思いませんでした」

想像の中の「ちまき」の、味が濃い炊き込みご飯のような感じとはまるで違う。

口に入れると、さまざまな具のひとつひとつの味がスープのように混ざり合う。後味にはお菓子のような甘味を感じた。

「具がたっぷりですよね。豚の角煮がとろとろなんです。一口食べるごとに違う味がして嬉しくなります」

お互い頭に思い浮かんだことを言いながら、コンビニおにぎりの倍くらいの大きさのちまきをむしゃむしゃ食べた。

「そういえば大塚さん、さっき、私のことを助けてくれたんですよ」

「大塚さんが？」

朝の老人とのやり取りを説明した。

「そうでしたか。茜さん、たいへんでしたね。あのお客さんがいらしたときはここの機械を四台とも使っていたので、そんなことがあったなんて少しも気付きませんでした」

真奈は眉を下げた。

「いえ、そんなにひどいことを言われたわけじゃないのでいいんです。でも、大人になって、見知らぬ人からいきなり怒鳴られるのって驚きますね」

不動産会社で上司に怒鳴られたことを思い出して、思わず一粒涙が流れてしまったことは内緒にした。

「当然です。そんなことは絶対に許されません。大塚さんには今度、私からもお礼を言いますね」

あの老人は真奈の知り合いと聞いたけれど、真奈が当たり前のように茜の味方をしてくれることにほっとした。

「けど、大塚さんが助けてくれた理由っていうのがちょっと感じが悪いんですよ。曰く、あのお客さんのにおいがひどかったので早く帰って欲しかっただけだそうです」

そういえばあの人はまだ洗濯物を取りに来ていない。

「におい？」

「あのお客さん、ここに入ってきた瞬間からすごいにおいがしたんです」

「……そうでしたか」

「あのにおいって、いったい何なんでしょうか。生ゴミや汚物のにおいとはぜんぜん違うんです。濡れ雑巾みたいな、カビくさくて生臭いような嫌なにおいです」

においを思い出して、茜は思わず顔を顰めた。

「身なりはいかがでしたか？　髪や肌や服はどうでしたか？」

「髭が伸びていたのと、ちょっと髪が脂っぽい感じはありましたが、見た感じではそれほど汚れているとは思いませんでした。一応最低限の身だしなみには気を付けている感じです。あ、でも、持ってきた洗濯物も結構においがきつかったです」

「もしかしたら、生乾きの洗濯物のにおいかもしれませんね。洗濯物の水気を完全に切らないまま長時間部屋干しをしたりすると、においの元になる雑菌が湧くんです」

「部屋干し専用の洗剤は、そのにおいが出にくいようになっているってCMでやっていますよね。でも、生乾きってあんなに強いにおいなんでしょうか？　ほんとうに、近づくのも嫌なぐらいのくささでしたよ」

茜はあの老人の接客がいかにたいへんだったかわかって欲しくて身を乗り出した。

——あれ？

「……そうでしたか」

頷く真奈の顔が強張っているのに気付いた。

「す、すみません」

私は何てひどいことを言ってしまったのだろう、茜は慌てて謝った。

真奈の知り合いの人を〝くさい〟なんて言ってしまったのはデリカシーがなかった。

「きっとご本人は、少しもにおいに気付いていらっしゃらないのだと思います。自分のにおいは鼻が麻痺(まひ)するのでわからないことが多いんです。ただ、どうしてみんなが揃って自分に嫌な顔をするんだろうと、不安に思っているはずです」

「不安、ですか……」

さっきは、いきなり怒鳴りつけられたと思った。

けれど対応した茜の態度は、他のお客さんへのものと同じだっただろうか。さっきのことを思い返してみる。

眉間に皺を寄せて、息を止めて、一刻も早くその場を去って欲しいと思っているのが顔に、態度に出ていなかっただろうか。

「あのお客さんが洗濯物を取りにいらしたら、私に声を掛けてください」

「はい、わかりました」

茜は神妙に頷いた。

「ところで大塚さん、まさかの大活躍ですね」

真奈が気を取り直すように笑った。

「はい、今回は助かりました。でも真奈さん、あの人はぜったいに駄目ですよ。真奈さんのことは美人で家事をぜんぶやってくれそうだからっていう、すごい自己中(ジコチュウ)な理由で好きだって公言しているような人ですからね」

「悪い人じゃないのはわかっています。恋愛感情には決してお応(こた)えできませんが」

真奈は優しい顔で、ばっさりと切り捨てる。

「悪いヤツですよ。いちいち人が腹の立つようなことばっかり言うし、態度も偉そうだし」

茜は口を尖らせた。

「大塚さんも、いっぱいいっぱいなのかもしれませんね」

軽口に笑ってくれると思った真奈は、なぜか心配そうな顔をした。

4

日が傾きかけた頃、ようやく朝の老人が、空の洗濯カゴを手に仏頂面で店内に入ってきた。

キャスター付きの丸椅子に座ってスマホをいじっていた若い女性客が、ぎょっとしたように顔を上げた。

女性客は「……最悪」と小さく呟くと、気分が悪くなったように掌で鼻と口を覆った。

洗濯機の残り時間をちらりと見る。

しばらくその場で迷った素振りを見せてから、これ以上はここで待っていられないと諦めたように腰を上げた。

カウンターにいる茜に恨めしげな目を向け、女性客は大きな足音を立てて表に出て行った。

老人は店内にずらりと並んだ機械のひとつひとつに目を凝らす。

「おかえりなさい。ご利用の洗濯乾燥機はこちらですよ」

嫌なにおいが鼻をつく。真奈に合図を送り、顔が引きつらないように気をつけながら、茜は淡々と声を掛けた。

老人は「ああ」とだけ応じて、洗濯乾燥機のドアを開けた。

熱と石鹼の匂いが店内に広がる——はずだったが、異臭はそれをはるかに凌ぐ。

「こんにちは。何かお手伝いできることはありますか？」

バックヤードから真奈が現れた。

老人は聞こえているのかいないのか、真奈のほうをちらりとも見ない。

面倒くさそうな乱暴な手つきで、洗濯物を次々と洗濯カゴに移した。

「こんにちは」

真奈がもう少し近づいて、はっきり大きな声で言った。

「うるさい！　聞こえている！」

さっき茜をいきなり怒鳴りつけたときと同じだ。

茜は眉間に皺を寄せた。

「小林さんの旦那さまですよね？　お久しぶりです」

真奈が親しげな顔を見せると、老人が怪訝そうな顔をした。

「確かに私は小林だけれど。あんた、妻を知っているのか？」

「久江さんとは、やすらぎの里で、毎週お目にかかっていました」

「やすらぎの里だって？　じゃあ、あんた、あそこの人だったのか？　懐かしいな。妻が世話になったのはもう三年前になるね」

奥さんの話になった途端、茜が〝小林さん〟と呼んだ老人の口調が豹変した。

「そうですね。ちょうど三年前ですね。私も久江さんのリハビリが終わってすぐに退職して、訪問介護のほうに移ったんです」

「ホテルみたいに豪華でいい施設だったな。高いけれど、あそこならもう少ししたら家を処分して、夫婦で世話になってもいいなって話していたんだけれどね」

小林さんが目を伏せた。

「ひと月前にくも膜下出血で倒れてそれきりだよ。人の命っていうのはあっけないねえ」

「お悔み申し上げます」

真奈が首を垂れた。

「でも、なんだってこんなところで働いているんだい？」

「これには、いろいろ事情がありまして。話すと長くなりそうなのでやめておきます」

真奈がにっこり笑ってはぐらかした。

「確かにたいへんそうな仕事だったからね。四六時中、何もできない年寄りにこき使われてさ」

小林さんが露悪的な笑みを浮かべた。

「いいえ、利用者の方とお話しするのはとても楽しかったですよ。ほんとうのおじいちゃんやおばあちゃんってこんな感じなのかなあと、日々癒やされていました」

真奈が笑顔で応じた。

「へえ、そんな奇特な人もいるんだねえ。私は年寄りの相手なんてまっぴらだよ」

小林さんは自分が年寄りであることを棚に上げて言う。

「小林さんに、実はお話があるんです」

真奈が声を潜めた。

「何だい？」

「小林さんのお洋服に、においがあります。生乾きの洗濯物のにおいが、とても強いです」

茜は、ひいっと息を呑んだ。

真奈がここまでストレートに言うとは思わなかった。

「は？　私がくさいって⁉　あんた失礼だよ⁉」

小林さんの声に怒気が混じった。

「においがあるのは小林さんじゃありません。小林さんのお洋服です」

真奈がきっぱりと言った。

「小林さんが今着ている服は、洗濯方法を間違えたせいで雑菌が湧いてしまっているようです。一旦この洗い上がったばかりの服に着替えて、どうかもう一度、今着ている服の洗濯をしてみませんか？」

「いや、いや。いいよ。放っておいてくれ」

「放っておけません。そのにおいがする服のままでは、今後のご来店をお断りしなくてはなりません」

「何だって？」

小林さんが顔色を変えた。

「においって、決して知らないふりをできないものなんです」

茜はどうしたらいいのかわからず、真奈と小林さんの間でおろおろすることしかできない。

「わかった！　二度と来ないよ！　それでいいだろう！」

小林さんが怒りに顔を赤くして言った。

「駄目です。またいらしてください。私はこれからも小林さんに、たまにここに洗濯をしに来ていただきたいんです」

「来るなと言ったり、来いと言ったり、いったい何なんだ⁉」

「小林さんに、においのない服を着ていただきたいんです。小林さんがもしもこのままだったら、いずれすべての人が小林さんの元から去ってしまいます。私はそれが少しも大袈裟なことじゃないって、身に沁みて知っています。だから小林さんにそんな思いはして欲しくないんです」

真奈の必死さに、さすがに小林さんも黙り込んだ。茜も初めて聞く話に驚き、真奈を見つめた。

「……どんなにおいがしてるんだ」

「先ほど申し上げたとおり、生乾きの洗濯物のにおいです」

真奈が、小林さんの目をまっすぐ見つめて答えた。

「濡れ雑巾みたいな、あれか？」

小林さんが情けない顔をした。

「そう言い表す人もいます」

真奈は否定しない。

「わかったよ、教えてくれ。でも毎回コインランドリーを使ってくれなんて売り込まれるのは困るぞ。年寄りには、洗濯物を抱えての家とコインランドリーとの往復だけでも辛いんだ。今日は特別だったんだよ」

「ありがとうございます。もちろん、ご自宅で試していただける洗濯の方法をお教えします」

真奈がぱっと笑顔になった。

「生乾きのにおいがついてしまっている洗濯物は既に雑菌が繁殖している状態なので、まずは酸素系漂白剤に浸け置きします。塩素系の漂白剤もあるので、間違わないように気をつけてくださいね」

店内の奥のシンクで、真奈が酸素系漂白剤を溶かしてお湯を張った洗濯桶に、小林さんが着替えて脱いだシャツを沈めた。

「小林さんのご自宅に洗濯機はありますか?」

「あるよ。けど古いからね……」

小林さんはきまり悪そうに目を泳がせる。

「年代によっては使い方がわかりにくいものもありますよね。もしご家族かヘルパーさんがいらっしゃるようでしたら、ぜひ使い方を聞いてみてください」

　真奈が優しくアドバイスする。

「手で洗っちゃいけないのかい？　この服は身体を拭いたついでに手で洗ったんだ」

「手洗いは汚れがよく落ちますし、デリケートな素材も洗うことができるという利点があります。ですがよく絞ってしっかり乾かさないと、せっかく洗っても菌が繁殖してしまうことになるんです。高齢者の方にはあまりおすすめできません」

　真奈が申し訳なさそうに言った。

「なんで年寄りは駄目なんだ？」

「洗うところ、すすぐところまでは手洗いでもまったく問題ありません。ですがしっかり脱水するためには、雑巾の水を切るような強い力が必要なんです。ご自宅に洗濯機があるようでしたら、そちらを使ったほうがずっと楽だと思います」

　真奈が「よし、そろそろいいかな」と呟いて、洗濯桶の水を流した。

「今日は洗濯相談なので、サービスでバックヤードの洗濯機で洗ってきますね。洗った後は、とにかく早く洗濯機から取り出して風通しの良いところで乾かすように心がけてください。家の中で干すときは、扇風機の風を当てるのがおすすめですよ」

「扇風機なら家にあるな……」

小林さんが顎に手を当てた。

「半日くらい経ってもまだ乾かなければ、思い切って湿っている部分にアイロンをかけてしまうのもおすすめです。とにかく、洗濯物が濡れた状態を少しでも短時間にするように注意してください。それだけで、生乾きのにおいは防げます」

「アイロンも妻が使っていたものがあるぞ」

「あ、アイロンって、ちょっとしたことですぐに火事になりますので、取り扱いには注意してくださいね。使いこなせるまでは、必ず家事に慣れている人と一緒に使っていただくようにお願いします」

真奈が洗濯桶を持ってバックヤードに走っていった。

三十分ほどで脱水まで終わる。

「次は干し方です。濡れている状態の洗濯物って、両手でぱんって叩いたり、手を滑らせるだけで結構皺が取れるんです。実はコインランドリーで乾燥機に掛けるよりも、服が傷みにくいんです」

「さっき、たまにはここに顔を出してくれって言ったな？」

小林さんが、ぎろりと真奈を見た。

「ええ。ほんとうは生乾きの洗濯物にいちばん効果があるのはコインランドリーの乾燥機なんです。ガス式の乾燥機の高熱で勢いよく乾かしてしまえば、雑菌はいなくなります。梅雨の時期や、ここへいらっしゃる余裕があるときは、ぜひ利用していただきたいです。そして最後にいちばん大事なことを。洗濯の頻度です」

真奈が小林さんをまっすぐに見た。

「ご自分の『においがあるかも、汚れてきたかも』という感覚には頼らないでください。どちらとも自分自身で気付くのは、実はすごく難しいものなんです。だから、においが出たら、汚れたら洗う、という考えではなくて、とにかく定期的に洗うことを習慣にしてください」

「においも汚れも自分じゃ気付かない、か……」

小林さんが髭の伸びた頬を撫でた。

「はい。ご年配の方でも若い方でも、それは変わりません。身だしなみに関わることはすべて、感覚ではなくて習慣としてやるべきです」

真奈が小林さんを見つめると、

「このハンドクリーム、お使いになりますか？　あかぎれがお辛そうなので」

エプロンのポケットから、おもむろにハンドクリームのチューブを取り出した。

《薬用》と大きく書いてある、少々古くさいデザインの昔からあるハンドクリームだ。

「手を出していただけますか？」

真奈が慣れた様子で声を掛けると、小林老人は困惑しながら手の甲を上にして差し出した。

「えっ？」

真奈がその上にハンドクリームを絞ると、小林さんが目を見開いた。

「このハンドクリーム、安いのにとてもよく効くんです。やすらぎの里で大流行したことがあって、職員も利用者の方もほとんど全員が使っていたんですよ。匂いもほら、《無香料》って書いてありますが、ほのかに優しい香りがしますよね」

「……久江の香りだな」

小林さんが目頭（めがしら）を押さえた。

「私にとっても、やすらぎの里で賑（にぎ）やかに過ごした思い出の香りです」

真奈が目を細めた。

「茜さんもどうですか？　赤ちゃんのほっぺみたいにしっとりしますよ」

「それじゃあ、ぜひ」

茜も手の甲に絞ってもらったハンドクリームを伸ばす。

薬草のような苦みのある香りの後に、ミルクのような甘い香りが漂った。

「おばあちゃんちみたいな匂いですね。懐かしいです」

茜が言うと、真奈と小林さんが一緒にぷっと噴き出した。

「まさにそのとおりだな」

小林さんが目に溜まった涙を拭った。

「……朝は悪かった。娘に洗濯機の使い方を聞いてみるよ」

「ぜひそうしてみてください。雨が続くときや、大きなものを洗うときはぜひこちらの乾燥機のご利用をお待ちしています」

真奈が微笑んだ。

「私、奥さまからいろんな内緒話を聞いていますよ。小林さんがいらっしゃるたびに、少しずつお伝えしますね」

真奈が悪戯っぽく笑った。

店内に人がいなくなったので、バックヤードで真奈の洗濯代行を手伝う。

仕上がった洗濯物を返送するために、ボールペンで丁寧に配送伝票を書く。

「小林さんの奥さんって、亡くなる直前まで家事をひとりでぜんぶされていたんでしょうか。頑固な旦那さんに振り回されて、きっとたいへんだったんでしょうね」

三年前には入院とリハビリが必要なくらいの大怪我をしたというのに。

奥さんにすべてを任せっぱなしで家のことは一切何もせず、亡くなってから初めて日々の暮らしに困っている小林さんを見ていると、なんだか胸がもやもやする。

「確かに私の知っている小林さんの奥さまは、すごく家事がお好きな方でした。プレゼントしていただいた手作りのスリッパ雑巾やお掃除棒は、とても使いやすかったです」

「手作りのスリッパ雑巾や、お掃除棒ですか……」

茜にはそれらがどんなものか想像がつかない。

「でも、頑固なのはご主人よりも奥さまのほうでした。奥さまはご自分の仕事に一切の妥協を許さない、完璧主義の職人肌の方でした」

「いったい何の職人ですか？」

「家事職人です」

真奈が耳慣れない言葉をきっぱりと言う。

「家事職人……？」

「奥さまは家事という仕事を心から楽しんで、全身全霊で打ち込まれていた方でした。退職されてちょっと時間ができたくらいのご主人に、おいそれと職人仕事の邪魔をされるわけにはいかなかったのかもしれませんね」

　真奈は冗談めかして言う。

「それじゃあ、旦那さんが奥さんに、家のことをただ押しつけていたってわけじゃないってことですか？」

「人って自分の大事にしている仕事、自信があることに対しては、どうしても厳しくなってしまいますからね」

「もしそうなら、旦那さんは急にひとりきりで放り出されてしまって気の毒なのかもしれませんね」

　真奈が頷いた。

「奥さまも、よもやご自分が先に亡くなるとは思っていなかったはずです。奥さまの完璧な仕事の中には、きっと旦那さんの介護や看取(みと)りに関する計画もしっかり含まれていたはずですからね」

　真奈が物悲しげに眉を下げる。

「時代は常に大きく変わります。昔の感覚で今を批判してはいけないように、私たちも今の感覚で昔の人の生き方を否定しないように気をつけなくてはいけませんね。介護施設で働いていたとき、常に自分にそう言い聞かせていました」

「確かにそうですね。そう考えると、結婚相手に完璧な家事育児を求める大塚さんの気持ちも、ほんの少しだけわかってあげられるような気もします。大塚さんは、完全に一昔前の時代を生きているオジサンなんだから、仕方ないですよね」

茜は少々嫌み交じりに笑って言った。

「彼は三十五歳なので、私よりも年下ですが」

真奈が苦笑した。

「えっ、真奈さんっておいくつなんですか？」

「三十八です。言っていませんでしたっけ？」

腰を抜かしそうになった。

「聞いていないです！　てっきり三十代前半くらいかと」

「仕事の場で若く見えるのは、あまりいいことじゃありませんね」

「えっ？　そんなことありませんって」

自動ドアが開いた音がしたので、茜は慌てて店内へ戻った。

「充先生でしたか。こんばんは」

「特に用事はないんですが、ちょうど通りかかったんで」

クリーニング高岡のグレーのエプロン姿の充だった。

特に用事はないと最初に言われてしまうと、どう対応したらいいのかよくわからなくてきょとんとしてしまう。

真奈がカウンターから姿を見せた。

「こんばんは。先日は赤ちゃんの帽子、ありがとうございました。神谷さんにお渡ししたらとても喜んでいらっしゃいました。でも神谷さん、今度はドラムに赤ちゃんのよだれかけをお忘れになりましたが」

真奈と充が笑顔を交わした。

「赤ちゃんのものって、細々したものが多いから見落としがちですよね」

「それで、あの、茜さん」

充が茜に向き合った。

「もしよかったら、また一緒にリストランテ・タカオカに行きませんか?」

「ラムチョップですか?」

訊き返した。茜は充とリストランテ・タカオカへ行ったことを真奈に話していた。

茜は、ごくりと唾(つば)を飲む。

「ごめんなさい、実はラム肉はすごくレアなメニューなんです。きっと、これから少なくとも半月は、セットのメニューには登場しないと思います」

充は申し訳なさそうに言う。

「それじゃあどうして？　あ、もしかして充先生のおすすめメニューとかですか？」

「いや、何の肉があるかとか、ぜんぜんわかんないんですけど。もしよければ、もう一度、僕と一緒にリストランテ・タカオカで食事しませんか？」

茜を見上げる充の頬が赤くなっていた。

「えっ……」

思わず真奈を振り返ったら、さりげなく姿を消していた。

気を遣ったのか、単純に仕事に戻っただけなのかわからない。

――真奈さん、もうちょっとだけそこにいてくださいよ。

そのとき、タイミングを見計らったように自動ドアが開いた。

「こんばんはー。なんか急に暖かくなったよね。そろそろヒートテックの毛布を片付けたくなって、また来ちゃったよ。ここって毛布も洗えるよね？」

膨らんだ大きな紙袋を肩に掛けた大塚だ。

紙袋には《theory luxe》と、女性用アパレルブランドの名前がシンプルな字体で書いてあって、一目で別れた奥さんが家に置いて行ったものだとわかった。

「あっ、ごめん。いいところだった？　邪魔しちゃった？」

大塚が足を止めた。

「お仕事中ですよね、すみません」

充が慌てた様子で茜と大塚に頭を下げて、外に出ていった。

「これって、絶対に俺が邪魔しちゃったよね。ごめん」

大塚が充の背中を目で追う。

「い、いえ、そんなことはありません」

「じゃあ、何の話してたの？　あの子、まるで『もう一度、僕と一緒に食事に行きませんか？』って意を決して誘いに来たような顔をしてたけど……」

「聞いていたんですか？」

茜は鋭い声で訊いた。

「嘘。正解だったんだ。いいねえ、若い人は」

「そんなふうに面白がらないでください。充先生に失礼です。そうそう、毛布を洗濯されるってお話でしたね。毛布一枚だけでしたら、普通の洗濯乾燥機で洗って問題ありません。何枚かあるようなら奥の大型の洗濯乾燥機を使っていただいたほうがいいですが」

「今回は一枚だけ。でも近々冬物の寝具をまとめて持ってくるよ。乾燥機を二台に分けて使ったとしても、クリーニングに出すよりかなり安いから助かるね」

「ドライクリーニングと、コインランドリーの洗濯はまったくの別物ですけど」

「へえ、どう違うの？」

「ええっと確か、ドライクリーニングは水は使わず特殊な溶剤を使って……」

真奈に教えてもらったことを思い出しつつ説明しようとしたところで、大塚が「あ、ちょっと待って」と遮った。

ポケットからスマホを取り出す。

「何？　何か用事あった？」

耳に当てて、不機嫌そうな声を出して電話に出る。

「えっ……」

目を見開いた。しばらく絶句する。

「よかったじゃん！」

ランドリーじゅうに響き渡るような大声で言った。

「うん、うん、よかった！　ほんとうにおめでとう！　わざわざ知らせてくれてありがとな。うん、うん、それじゃ俺、まだ仕事中だから切るわ」

電話を切った。

「……仕事中じゃないよな」

茜に向かって大塚が苦笑いを浮かべた。

「そうですね」

頷いてから、茜は「何かあったんですか？」と小声で訊いた。

「別れた嫁、再婚するってさ。まだ別れて一年だよ？」

大塚はそう言いながら、何とも言えない顔をする。

「それで、おめでとうって言っていたんですね」

「……息子たち、相手の男にめちゃくちゃ懐いてるんだって。子供たちが、この人にパパになって欲しいって言ったのが結婚の決め手だってさ」

「幸せそうでよかった……ですね？」

「うん、よかった！　ほんとうによかったわ！」

大塚が空元気（からげんき）の声を上げた。

「あ、大塚さん。昼間は茜さんのこと助けてくださって、ありがとうございます」

配送用の大きなランドリーバッグを抱えた真奈が、カウンターに出てきた。

「お礼に、今日はコーヒー一杯、無料サービスさせていただきます」

「あ、うん。でも、今日は帰ります。ちょっと予定があったの思い出したんで」

会えるときを待ち焦がれていたはずなのに、大塚が真奈の顔をろくに見もせずに言い、そのまま逃げるように外へ駆け出す。

「大塚さん、毛布、忘れていますよ！」

茜が作業台の上の紙袋に気付いて慌てて声を掛けたけれど、大塚の背中はもう見えなくなっていた。

第5章　⚓　一緒に洗う

1

今年のゴールデンウィークのお天気は、全国的にハズレだったようだ。

ダウンコートをまた引っ張り出したくなるほどの寒さに加えて、冷たい雨がしとしとと降り注ぐ日と、どんよりした曇り空の繰り返しだ。軽井沢(かるいざわ)では雪が降ったと聞いた。

そんないまいちな連休最終日の日曜日、連休中に溜まった洗濯物を洗おうとするお客さんで、ヨコハマコインランドリーはこれまでにない大盛況だ。

すべての機械、それも奥にある靴用洗濯機や大型洗濯乾燥機まで使用中ランプが灯っている光景は、そうそうお目にかかれない。

明日の朝に発送しなくてはいけない洗濯代行の洗濯物が大量にあるので、今日ばかりは茜も残業だ。

「ゴールデンウィークって、ほんとうにお天気に左右されますよね。晴れてさえくれれば、これほど心地よい季節はないと思うんですが。旅行やお出かけの予定のあった人たちは、かわいそうでしたね」

暗くなってようやく店内が少し落ち着いたので、バックヤードで仕上がった洗濯物をランドリーバッグに詰める手伝いに来た。

相変わらず真奈が畳んだ洗濯物は、胸がすっとするくらいすべて大きさが揃っている。

「旅行やお出かけの予定なんて何にもなかった人たちにとっては、ラッキーな連休だったかもしれませんね。日本じゅう、みーんな揃って、雨空の下でいまいちな感じで過ごしているんですから」

真奈は手を休めることなく、そんなことを言った。

「それってラッキーって言うんですか?」

真奈がまるでクリスマスの幸せそうな恋人たちを羨む人のようなことを言っているのが可笑しくて、茜は笑った。

「そういえば大塚さん、結局、連休中も毛布を取りに来ませんでしたね」

茜はバックヤードの隅に置かれた大きな紙袋に視線を向けた。

さすがに大塚も、置き忘れたことに気付いていないはずはないだろう。

「前の奥さんが再婚するって話が、毛布のことを忘れちゃうくらいショックだったんでしょうかね。まだ前の奥さんにそんなに未練があるのに真奈さんに言い寄っていたんだとしたら、まさに自業自得ですね」

ほんとうに無節操な奴、とは思うものの、茜は少しだけ心配していた。

いつもあんなに格好つけて余裕ぶっていた人が、慌てふためくようにいなくなってしまうなんてやっぱりおかしい。

「連休中は寒かったから、きっと毛布が必要だったと思います」

真奈も同じ思いなのだろう。紙袋に目を向けて言った。

「家族で住んでいたマンションに、今はひとりで住んでいるって言っていましたよね？　それだったらきっと、前の奥さんや子供たちが置いて行った毛布がまだあるんじゃないですか？」

「……それも気の毒ですね」

心配そうな真奈の言葉に、茜は子供用の可愛らしいキャラクター柄の毛布に包まっている大塚の寂しげな姿を思い浮かべてしまい、その想像を打ち消すようにわざと明るい声を出す。

「大塚さん、きっと大丈夫ですよ。ランニング中に無茶して転んで、骨折で入院しているだけですよ。来週ぐらいには松葉杖（まつばづえ）ついて、『いやー、参ったよー』とか陽気に喋りながら登場しますって」

「茜さん、それはぜんぜん大丈夫じゃありませんよ」

「あのー、ちょっといいですか？」

カウンターから遠慮がちな女の人の声が聞こえた。

「はいはい、ただいま」

茜は慌ててカウンターに出た。

雨が続くと、時々乾燥機を利用しに来る女の人だ。年齢は茜と同じくらいだろう。ここのコーヒーが好きで、淹れたてのコーヒーを手渡すと、「ありがとうございます。ここのコーヒー、大好きなんですよね」と満面の笑みで受け取ってくれるのが印象に残っていた。

「あ、こんばんは」

顔を覚えていますよ、という思いを込めて挨拶した。

「あの、これは専門のところに伝えたほうがいいんだと思いますが、でもその前に、一応、お店の人にもお伝えしておかなくちゃと思って」

「専門のところに……ですか？」

いったい何の話だか見当がつかない。茜は首を傾げた。

「外にいる子のことです」

「え？」

女の人が素早く背後を振り返る。

「外に座っている子、なんか変ですよね？」

女の人が声を潜めるように言う。

「誰か座っているんですか？　ごめんなさい、気付きませんでした」

驚いて身を乗り出してみると、確かに道路に面して一面ガラス張りの端っこのところに少年の背中が見えた。傍らにはカップラーメンの容器と飲みかけのペットボトルが置かれている。

壁の時計に目を走らせると夜の九時を過ぎていた。

おそらく連休で夜遊び中に、光に引き寄せられてやってきた中学生たちだろう。騒がれたり店の前を汚されてはたまらない。

「教えていただいてありがとうございます。すぐに対応しますね」

女の人に礼を言って、茜はバックヤードに戻った。

「真奈さん、店の前に不良少年がいます。お客さんの迷惑になってしまうかもしれないので、追っ払ってきますね」

茜は掃除のついでを装って、万が一の護身用にとデッキブラシを手に取った。

「不良少年ですか？」

真奈が怪訝そうな顔で手を止めた。

「待ってください、私も行きます」

真奈が一緒に来てくれると聞いてほっとした。

警察番組の特番などで、こんな光景を何度も見たことがあった。注意をした少年が「ごめんなさい！」と素直に謝って去って行く平和な結末は想像できない。

こういうときは、二人のほうがずっと心強い。

揃って表に出た。

ヨコハマコインランドリーのガラスに寄りかかってしゃがみ込み、一心不乱にスマホをいじっている少年の姿があった。

不良少年が数人たむろしているという光景を思い描いていたのだが、どうやら思い過ごしだったようだ。そこにいたのはヒップホップのダンサーを思わせるオーバーサイズの服を着た少年ひとりだった。

あ、と茜はわかった。

少年はヨコハマコインランドリーのW-i-F-iでオンラインゲームをやっていたのだ。

「ねえ、ちょっといいかな?」

茜が勇気を出して低い声で声を掛けたその瞬間、少年が跳ねるように立ち上がった。

鋭い目で茜を睨みつけて、全速力で駅方面へ走り出す。

「え?　え?　ちょっと」

狐(きつね)につままれたような気持ちで、ただ呆然(ぼうぜん)とするしかない。

足元にはカップラーメンの容器と割り箸(ばし)、飲みかけのコーラのペットボトルが残されていた。

2

「いらっしゃいませ。お待ち合わせですか?」

リストランテ・タカオカのドアを開けると、初めて見る男性に出迎えられた。

髪の毛が白い。年齢は六十歳になるかならないかくらいだ。皺ひとつなく、青みがかって見えるほど白いシャツを身につけている。

どこかでお会いしましたか？　と訊きたくなるような、不思議と懐かしい気がする顔立ちだ。

「茜さん、こっちです。親父(おやじ)、こちらが新井さんのヨコハマコインランドリーで働いている中島茜さん」

充が奥の席から手を振った。

「充さんのお父さんでしたか。こんばんは」

茜は目を瞠(みは)って挨拶した。

「はい、こんばんは。どうぞゆっくりなさっていってくださいね」

高岡兄弟の父親が、丁寧に頭を下げてキッチンへ戻っていく。ホールには茜と充だけになった。

「まさか、お父さんがホールのお仕事をされているとは思いませんでした」

そういえばこの店は、これまで調理もホールも修がひとりでやっていた。

「クリーニングのお仕事は、もう引退されたんですか？」

「まだまだ現役ですよ。今日も一日じゅう、親父と二人でアイロンがけをしていました」

「それじゃあ……」

「実は今、いつもホールを担当している修の奥さんが育休中なんです。しばらく修がひとりで店を回していたんですが、さすがに忙しすぎるので、ゴールデンウィーク中は親父と俺のどちらかが、クリーニングの仕事が終わってから手伝っているんです。クリーニング店とレストランの忙しい時間帯がずれていて助かりました。母には育児で大変な修の奥さんの手伝いをしてもらっています」

つまりここ最近、高岡家は皆が揃って一日じゅう働いているということだ。

「そんなたいへんなときにすみません」

「いいえ、今だけのことですから。少しもたいへんじゃないですよ」

ドアが開いてカップルのお客さんが入ってきた。

「いらっしゃいませ。ご予約はいただいていますか?」

お父さんが柔和（にゅうわ）な笑顔で出迎えて、慣れた様子でカップルのコートを受け取った。まるで長年ホールスタッフとして働いてきたかのような美しい所作だ。

「普段アイロン室では、僕とはろくに口を利かないんですよ」

充がこっそり耳打ちした。

二人が肩を並べて、アイロンがけをしている光景が目に浮かぶ。

充がメニューを開いて茜に見せる。

「今日のディナーセットメニューにラムチョップはないのですが、鴨肉のローストがあります。これも、ここではあまり出さないレアなメニューですよ」

「鴨肉も大好きです！　でも、なかなか食べる機会がなくて……」

充と初めて会って、真奈と一緒に雨の中を送ってもらったときの車の中での会話が甦った。

「だと思いました。それじゃあ鴨肉で」

充がメニューを閉じて頷いた。

「今日は、お誘いありがとうございます」

茜は少し緊張して言った。

「いえ、こちらこそ、変な誘い方しちゃってすみません。来てくださってありがとうございます」

充がはにかんだ。大塚の邪魔が入ったが、後で電話をもらい、今夜の約束をしたのだ。

ドアが開く。またお客さんが入ってきた。

「いらっしゃいませ」

「予約してないんですけど入れますか？」

「何名さまですか？」

「六人です」

「六名さま……。はい、お入りいただけますよ。今からお席をご用意しますので少々お待ちください」

「あ、次、こっちもお願いします。二名」

今日のリストランテ・タカオカも、続々とお客さんがやってくる。

「いらっしゃいませ。ご予約はいただいて――」

「はい、予約しています。十八時から二人です。早く来すぎちゃいましたか？」

「少々お待ちください。すぐにお席を――」

充が入口に目を向けた。店内はほぼ満席だ。

「ちょっと手伝ってきていいですか？」

申し訳なさそうに言った。

「は、はい」

「ごめんなさい。連休明けなので、今日はこうならないと思ったんですが」

充が膝の上のナプキンを軽く畳んで椅子の上に置く。

充の横顔が仕事用の引き締まった顔つきに変わるのを目にしたら、咄嗟（とっさ）に声が出た。

「あ、あの、充先生！」

「はい、何でしょう？」

充が驚いた顔をした。

「私もお手伝いしてもいいですか?」

「えっ?」

充は目を見開いた。

「私だけ座って待っているのは申し訳なくて。私にもお店のお手伝いをさせてください!」

重ねて言うと、充の頬が緩んだ。

「助かります。それじゃあ、キッチンのほうでサポートをお願いします」

「はいっ!」

茜は勢いよく立ち上がった。

3

あれから四人客がもう二組やってきた。それから二人客が三組。先の客が帰ったと思ったらすぐに次の客がやってきて切れ目がない。何組かは席がなく断るしかなかった。

目が回るような忙しさとはこのことだ。

茜は、洗い物をしたり、出来上がった料理を充に渡したりと、雑用係として懸命に働いた。

それなのに、厨房にいる修の周囲にだけは別の時間が流れている。

食材に火を通す間、もどかしそうにそわそわしていることは決してないし、キッチンカウンターに伝票がずらりと連なっていても、ひとつひとつのオーダーに手間を惜しむことなくじっくり向き合う。

充とお父さんはそんな修を、文句ひとつ言わずに、けれど明らかにてんやわんやな様子で支えていた。

満足げな顔をしたお客さんが皆帰ったのは、二十二時を十五分ほど過ぎた頃だった。

「三人ともお疲れさま。親父も、充も、そして茜さんも、めちゃくちゃ助かりました。茜さんと充は今晩はお客さんだったのに、手伝わせてしまって、ほんとうにごめんなさい。埋め合わせは今度必ず。今日はこれで許してください。リストランテ・タカオカ特製のまかないです」

修がキッチンカウンターに白い皿を三つ置いた。

メニューにはない、甘辛い醬油の匂いが漂う。

茜のお腹が、ぐうっと鳴った。

「肉巻きおにぎりです。余り物の細切れ肉で作ったから見た目はいまいちですが、味は保証します！　召し上がってください！」

「肉巻きおにぎり……ですか」

いかにも美味しそうな響きの、その存在は知っていた。

けれど母の料理のレパートリーにはなかったことと、おにぎりという名前なのに食べるときにかなり手が汚れそうなイメージから、実はこれまでに一度も食べる機会がなかったメニューだ。

「いただきます」

充とお父さんと三人、自分たちでお皿を四人掛けのテーブルに運んで、割り箸をもらって食べた。

肉巻きおにぎりには甘辛いタレが掛かっていて、豚バラ肉には少し辛めの塩コショウの下味がついていた。中のご飯は半分くらいまでタレが染みていて、おはぎのようにもちもちしている。

慣れない立ち仕事で疲れきった身体に染みわたる、優しい味だ。

「美味しいです。こんな美味しいおにぎり、初めて食べました」

脂のしつこさもなく、いくらでも食べられそうだ。

「よかった。肉巻きおにぎりってどうしても崩れやすいんで、中のお米にもち米を混ぜておこわにしているんです。中華街の超人気店のちまきを参考にしてみました」

修が得意げに胸を張った。

「あ、それ、食べたことがあります。美味しいですよね。この間、真奈さんがお昼に買ってきてくれたんです。偶然通りかかったら誰も並んでいなかったからって」

茜の発言に充が反応する。

「ええっ！　よく買えましたね！　僕はこんなに近くに暮らしているのに、ネットの通販で半年待って買ったんですよ。運がいいですね」

「確かに、真奈さんって運が良さそうですよね」

茜は充と顔を見合わせて笑った。

「そういえば修さんは、肉巻きおにぎり食べないんですか？」

修だってもちろんお腹が減っているはずだ。

「僕は帰って奥さんと食べます」

修はキッチンを振り返った。カウンターにタッパー式の保存容器が置かれていた。

「あ、それじゃあ、そろそろ失礼します。ほんとうにご馳走（ちそう）さまでした」

茜はぺろりと平らげた肉巻きおにぎりの皿を手に立ち上がった。

「洗うのはこちらでやりますから皿はそのままで。送っていきます」

充も腰を浮かせた。

「……今度また」

ふいに充のお父さんが口を開いた。

そういえば、先ほどから一言も発していなかった。

店内でお客さんの対応に駆け回っていたときの笑顔が消え、今は少し強張っているように見えた。それでも不思議と茜は居心地の悪さを感じることはなかった。ただ、静かなたたずまいの人だと思っていた。

「はい」

茜はお父さんの目をまっすぐに見て、次の言葉を待った。

「……必ず、鴨肉を食べにきてくださいね」

お父さんはそう言うと、茜の顔から視線を逸らして肉巻きおにぎりを口に放り込んだ。

──お父さん、照れてたんだ。

何を言われるのかとちょっと身構えていた茜の緊張も、一瞬で消えた。

「はい、必ず。ありがとうございます」

茜はにっこり笑った。

ふいに、高校の文化祭でパンケーキカフェを開いたときのことを思い出した。

クラスメイトと幾度も話し合い、試行錯誤を重ねて、いろんなトラブルを乗り越えながら、全員が全力を出しきったパンケーキカフェは、ほんとうに楽しかった。

話題のパンケーキカフェにお客さんとして行くことよりも、もっともっと楽しかった。

リストランテ・タカオカで充とその家族と一緒に働いた時間は、不動産会社の絶望的な忙しさのせいですっかり忘れていた、あの文化祭の日の楽しさをを思い出させてくれた。

4

「茜さん、車で送っていきますよ」

「え？　大丈夫ですよ。ひとりで帰れます」

茜は慌てて顔の前で手を振った。送ってくれるのは店先までと思い込んでいたので、思った以上に動揺してしまった。

「いえ、そんなわけにはいきません。こんな時間までお手伝いいただいたのだから当然です」

改めてそう言われて、二十三時を過ぎていることに気付く。谷戸坂は真っ暗で、人通りはほとんどない。

「それじゃあ、お願いしてもいいですか?」

ありがとうございます、と続けたら、ほっと身体の力が抜けた。

レストランからクリーニング高岡までのほんの数分の坂道を、充と並んで上る。

「なんかすみません。ごちそうするはずが、手伝わせることになっちゃって」

「いいえ、すごく楽しかったです。修さんの職人技、かっこよかったです」

茜は首を横に振りながら言った。

充のほうが茜より一〇センチくらい背が低いので、少し目線を下げて話す。

「嬉しいです。修のことを褒められると、自分が褒められているみたいな気になります」

充の横顔は優しく穏やかだ。

「仲良しなんですね。私の家族は特に仲が悪いってわけじゃありませんが、もし父や母を褒めてくれる人がいても、私だったら『そんな、恐縮です』って謙遜して、それだけです」

充が、ぷっと噴き出し、茜のほうを見る。

「茜さんはひとりっ子ですか?」

「はい、兄弟はいなくて両親は共働きでした。ベッドタウンで暮らす、典型的なドライな核家族です」

「ベッドタウンってことは、このあたりの出身ですか？」

「埼玉です。でも、もう、私が生まれ育った実家は埼玉にはないんです」

茜は眉を下げた。

「ご両親の郷里に帰られたとかですか？」

「そうなんです。聞いてくださいよ。私の両親、父の定年退職を機に北海道にあっさりUターンしちゃったんです。もちろん、大好きなネネちゃんも一緒に連れていっちゃいました」

ちょうど茜が前の不動産会社に入社して一年目の頃だ。

——お父さんも定年だし、茜も立派にひとり立ちしたし、これを機に私たち、北海道に帰ることにしたわ。

電話越しの母の声があまりにも呑気で明るかったので、今の仕事が辛くてたまらないと泣きつくことができなくなってしまった。

あれから遠く離れたところにいる両親に心配を掛けたくなくて、不動産会社を辞めたことさえまだ話せていない。

「ネネちゃんって誰ですか？」

充がくすくす笑う。

「ネネちゃんは、今年、十二歳になるゴールデンレトリバーです。可愛くて優しい子なんですよ。あの年で急に北海道なんて冬の過酷な地に連れていかれて、きっと今頃、すごーく寒がっています」

「北海道は暖房設備が整っているから、建物の中は横浜よりもずっと暖かいと聞きますよ」

「でも、お散歩のたびに凍えているに決まっています。両親は北海道出身なんで、雪には慣れてるんですよ。だからネネちゃんのことも、いきなり雪の中を犬ぞりを牽かせて爆走させるような扱いをしていたらどうしようって、心配でたまりません」

茜は頰を膨らませる。

「茜さんって、きっとご両親に大切に育てられたんですね」

考えもしなかったことを言われて呆気に取られた。

それはあなたでしょう、と思う。

「なんでそう思ったんですか？」

茜は訊いた。

「ご両親にも、ネネちゃんにも、会いたくてたまらないって顔をしてますもん」

目を見開いた。

茜は息が止まっていた。

そのとき、茜のスマホが震えた。はっと我に返って、「すみません」と言いながら画面に目を向けた。ＬＩＮＥだ。

「え？　真奈さん？　嘘、そんな」

画面に映った文字が信じられなかった。

「どうしました？」

「真奈さんが頭痛で動けないそうです。明日はお休みしたいって」

慌てて返信を打つ。

〈明日のことは、もちろんお任せください。けど、とても心配なので必ず病院に行ってください〉

すぐに既読になった。

〈わかりました。もしも明日になっても治らなければそうします。ご迷惑を掛けてごめんなさい〉

数秒後に届いた返信に、茜の胸の中に不安が広がった。

5

《申し訳ございません。諸事情により本日の洗濯代行サービスはお休みします。》

通りかかった人の目につくように、通りに面したガラスに大きめの貼り紙をした。

真奈さんは店内に貼り紙をするのは嫌がっていたな、としょんぼりしそうになった。けれど、威圧的な注意書きではなく、洗濯代行を利用するお客さんへのメッセージならばきっと許してくれるだろう。

あれから充の車で自宅マンションの前まで送ってもらった。

次の日の朝一番からひとりでヨコハマコインランドリーを開けなくてはいけないのだから、頭の中は大混乱だ。車内で二人きりであることに緊張する余裕もなかった。

――僕のことはまったく気にしなくていいんで、真奈さんと連絡取ってください。

そんな充の言葉に甘えて、真奈から次々と送られてくる、鍵の暗証番号やレジの開け方をはじめとする業務指示を真剣に読んだ。

帰宅してからは急いでシャワーを浴びてすぐに寝ようとしたけれど、いろんなことを考えてしまってなかなか眠れなかった。

朝から訪れるお客さんのひとりひとりに、普段よりも緊張気味に対応していたら、あっという間に時間が過ぎた。

店内にお客さんがいなくなったタイミングで時計を見たら、もう昼の一時半だ。

――お腹減ったな。

小さなため息をついた。

真奈から送られてきたＬＩＮＥのあっさりした文面を思い出す。

〈休憩時間は自由に取ってください。茜さんにお任せします〉

確かにコインランドリーというのは本来無人のはずなので、店内に誰もいなくても特に問題はないはずだ。

けれど、初めてここへ来た人が機械の使い方がわからずに帰ってしまったらどうしようと思う。洗濯中に飲むコーヒーを楽しみに来てくれた人が、がっかりしてしまったらどうしよう。常連さんが、どうして今日はスタッフが誰もいないんだろうと、居心地悪くなってしまったらどうしよう。そんなことばかりが頭の中に渦巻く。

結果、お客さんが来る可能性があるからにはここを離れることはできない！　なんて気持ちになってしまう。

――とはいっても、さすがに空腹は限界だ。朝、コンビニで買ってきていたおにぎりを食べよう。

エプロンを外そうと手を後ろに回したそのとき、自動ドアが開いた。

「こんにちは」

慌てて身を正して顔を上げたその瞬間、茜の笑顔が固まった。

現れたのは岡本さんだった。

ベージュのパンツにネイビーのジャケット姿。靴はスニーカーだ。眉を下げて困ったような顔をして、申し訳なさそうに入ってきた。

あの不動産会社の店舗に入ってきたときの岡本さんの姿が、ありありと思い出された。

「こんにちは。あっ……」

岡本さんが、すぐに茜に気付いた。

「もしかしてサンシャイン不動産で担当してくださった……」

茜の身長を確かめるように見上げた。

「そうです、サンシャイン不動産で働いていた中島です。その節はありがとうございました」

茜はかすれた声でどうにか答えた。冷や汗が滲む。

「いえいえ、こちらこそほんとうにお世話になりました。こんなところでお会いするなんて奇遇ですね。なんだ、中島さんだったんだ。よかった。転職されてたんですね」

岡本さんが、ほっとした顔をした。

「実は、先日こちらにいた少年の件でお尋ねしたいことがあるんです」

岡本さんが差し出した名刺には、中区日本大通の住所とNPO法人の名前があった。

ここから横浜駅方面に十分ほど行った、神奈川県庁や裁判所のあるエリアだ。名刺にはその他に、いくつかの横浜の地名と《子ども食堂》という文字があった。

岡本さんはコインランドリーに洗濯をしに来たのではなくて、仕事でやってきたのだと気付く。

「あれからいろいろあって、僕も転職したんです。今は横浜を中心に子育て支援や虐待防止の活動をする法人で働いています」

岡本さんが自分の名刺を指さした。

「虐待……ですか？」

驚いて、虐待という言葉に反応してしまう。

「僕の友人がこちらのコインランドリーを利用した際に、夜にひとりでゲームをしている少年を見つけたと教えてくれました。実は他からもその少年の情報が入っているので、どうにかして支援に繋げたいんです」

先日、茜に声を掛けてくれた、茜と同い年くらいの女の人のことを思い出した。

「その子、虐待されているんですか？」

記憶の中の少年の鋭い目と、オーバーサイズの服のシルエットだけが脳裏に浮かんだ。

「支援が必要なことは間違いないと思います。もしまたその少年が現れたら、名刺の番号にお電話をいただけませんか？」

「わかりました」

岡本さんを見送ってしばらくしてから、ふいにサンシャイン不動産という言葉を思い出した。

大嫌いな名前だった。聞くだけで身が縮むような嫌な記憶が甦る。

——サンシャイン不動産で働いていた中島です。

そう口に出したときは眩暈がしそうだった。

あのときはごめんなさい、あのときの私はどうかしていたんです、今だったら絶対にあんな雑な対応をしたり、適当な物件を押し付けるような真似はしません。

そんなふうに謝りたかった。

なのに岡本さんとの会話は、何もなかったかのように拍子抜けするくらい淡々と進んだ。

私がサンシャイン不動産でろくに休みも取らず仕事を続けて、身も心も限界になって退職し、ひたすら部屋に引き籠もっていたその間に、岡本さんにも〝いろいろあって〟転職をして、今は新しい職場で一生懸命に働いているのだ。

茜は岡本さんの名刺を見つめて、ふうっと大きなため息をついた。

6

「店長さん、今日はいないのか。残念だな」

洗濯カゴを抱えた小林さんが、寂しそうな顔をした。

あれから小林さんは月に二度ほど、散歩がてら横浜コインランドリーに寄って、コーヒーを飲みながらほんの少しの衣類を洗濯していく。髭を剃って髪型を整えて、初めてここへ来たときよりもずっと気力が漲っている様子だ。

服装も少し変わって、皺になりにくく乾きやすい素材のポロシャツを着ていたりする。

「せっかく来ていただいたのにすみません。店長も、小林さんとお喋りをするのを楽しみにしていたのですが……」

真奈もきっと、そろそろ小林さんが来るころだと思っていたはずだ。

「そのシャツ、お洒落ですね」

小林さんのシャツの胸元の、コロンビアのロゴに目を向けた。落ち着いた色使いながら若々しいデザインが、小林さんに良く似合っていた。

「そうかい？　娘からもらったんだけどね。だらしなく見えないかね？」

「いいえ、まったく。とてもお似合いですよ」

楽しく会話をしながら、真奈さんがこの場にいたら小林さんはもっと喜んだだろうな、と茜は思う。

〈お疲れさまでした。今日はありがとうございました。結局今日は病院に行かなかったのですが、明日は午前中に行って、遅くとも十三時には出勤します〉

ランドリーの自動ドアを施錠したという報告への返信は、どこかぎこちなく感じた。

それに明日病院に行くということは、頭痛が続いているということだ。

〈真奈さん、無理しないでゆっくり休んでください。私、明日もひとりで大丈夫です〉

しばらくの間があいて返信が届く。

〈ありがとうございます〉

そして小さなため息をつくような間の後、

〈それではやはり、明日もお休みさせてください〉

なんとなく、「私は大丈夫です」と毅然とした返信が来ると思っていたので驚いた。

改めて心配になってきた。

〈今からお見舞いに行ってもいいですか？〉

送ってしまってから慌てて、

〈救援物資を持っていきます！　食欲はありますか？〉

と続けた。

頭痛で寝込んでいる真奈への救援物資。いったい何を選べばいいだろう、と頭をフル回転させた。

この時間にやっている店は、コンビニかファミレス、居酒屋くらいしかない。

それにお見舞いに行ったたって、真奈の家のキッチンで手早く栄養満点の美味しい食事を作ってあげられるような料理の腕はない。

〈助かります。コンビニでサラダとパンを買ってきていただけたらと〉

茜の申し出を受け入れてくれてほっとした。

〈よかった、了解です！　真奈さんのお宅ってどこですか？〉

〈寿町です。労働プラザのすぐ横にあるオレンジ色の建物、マンション寿の五〇三号

室です〉

寿町――。

意外だった。真奈は普段はおしゃべり好きなのに、自分のことになるとあまり話してくれない。茜もどこか遠慮して、プライベートなことはあまり訊かないようにしていた。

ヨコハマコインランドリーから、山下公園やホテルニューグランドのある海側とは反対側へほんの十五分ほど歩いたところにあるエリアだ。そこは、東京の山谷(さんや)、大阪の釜ケ崎(かまがさき)と並んで、日本三大寄せ場のひとつと呼ばれている労働者の町だ。公園では定期的に炊き出しが行われていて、道には破れたマットレスが捨ててあったりする。

暗くなってからは、用事がなければまず足を踏み入れないエリアだ。

〈わかりました。救援物資を調達していきますので、しばらくお待ちください！〉

茜はスマホを握る手に力を込めた。

7

マンション寿は、労働プラザという無料職業紹介所などが入っている施設のある大通りから一本裏手の、ラブホテル街に向かう途中にあった。

築五十年くらいの老朽化した建物の外壁を、目が覚めるようなオレンジ色に塗り直したマンションだ。

不動産会社にここに案内されたら言葉を失ってしまうような、独特で奇抜な外観だった。

古いエレベーターが左右に小刻みに揺れながら、ゆっくり上がっていく。

五階でエレベーターを降りると、すぐ横手に五〇三号室はあった。古めかしいチャイムを鳴らす。

「真奈さん、大丈夫ですか？」

玄関先まで出迎えてくれた真奈の顔色は悪かった。

パーカー型のルームワンピースにレギンス、それにビッグサイズの赤いどてらを羽織っていた。いかにも具合が悪そうだ。

「ええ、それなりに大丈夫です」

真奈が笑おうとして、微かに眉間に皺を寄せた。

「頭痛、辛いですか？」

「茜さんに来ていただいて嬉しいんです。なのに痛みが弱まる気配がないので、ああ、今、自分は具合が悪いんだなあとしみじみ感じます」

真奈がちょっと悔しそうに言った。遠足の日に熱を出してしまった子供を思わせる顔だ。

「寝ていてください。これ、救援物資です。お水と、ポカリスエットと、ヨーグルトとゼリーと、栄養ドリンクと、お粥のパウチと、いろいろありますので、冷蔵庫に入れておきますね。それと、真奈さん、夕ご飯はちゃんと食べましたか？」

「夕ご飯……」

真奈がぼんやりした目で茜を見た。

「明るいうちに、近くのコンビニで買ったおにぎりを食べました」

「それじゃあ、私と一緒に夕ご飯を食べましょう。サラダとパンだけだと栄養が摂れないので、食欲がなくても食べられそうなものを作りますね」

真奈はほんの一瞬だけ戸惑った顔をしてから、

「ありがとうございます。よろしくお願いします」

と頷いた。

通されたのは、八畳ほどのＬＤＫに可動式の間仕切りで区切られた四畳半の寝室が付いた、１ＬＤＫの部屋だった。

ＬＤＫ部分には、冷蔵庫やレンジなどの家電製品のほかは、少し大きめのシンプルな木製テーブルと椅子が二脚あるだけだ。

化粧品や服やゲーム機や雑誌や本といったこまごましたものはどこにも見当たらず、部屋がとても広く見える。

「真奈さん、もしかして私が来るからって部屋を片付けましたか？」

「はい。見られたくないものは慌てて寝室に放り込みました」

真奈がどうにか笑って、開け放たれた間仕切りを抜けて寝室へ進んだ。

けれど、寝室だって少しも散らかってはいない。

真奈はへたり込むようにベッドに腰掛けた。やはり相当身体が辛いのだろう。

「部屋の片付けなんてしちゃ駄目ですよ。具合が悪いときはとにかく寝てないと」

ぼろぼろに色褪せたシルクハットをかぶったペンギンのぬいぐるみが、ベッドの枕元に置いてあるのが見えた。

「キッチンお借りしますね」

「夕ご飯のメニューは何ですか？」

真奈がベッドに横になった。キッチンに立つ茜を見つめる。

「それは完成してのお楽しみです。あっという間にできますよ」

コンビニで買ってきた材料をキッチンのシンクに並べて、よしっと呟いた。

まずはキュウリを細かく角切りにする。とりあえず同じ大きさになるように切る。

「なんだわくわくします」

真奈がか細い声で言った。

「ぜひわくわくして待っていてください。私も心を込めて作りますからね」

背後のベッドの中で、真奈が笑ったのがわかった。

「……気が緩んでしまいました」

真奈が呟いた。

ふと、真奈が今の真奈自身のことを話しているのだと気付く。

「すごくわかります」

それだけ答えて、細かく角切りにしたキュウリをボウルに入れる。

今度はトマトを同じ大きさに角切りにして——みようとして、結構難しいと気付く。

——とりあえず小さく切ればそれでいいか。

「私は育児放棄された子供でした」

包丁を持つ茜の手が止まった。

振り返ると白い顔をした真奈が、毛布に包まってこちらをじっと見ていた。

シングルマザーだった真奈の母親は、子供の世話に一切頓着しない人だったという。

「私は常に飢えて卑しくて、くさくて汚い子供でした。私が学校に行くと、皆が顔を顰めて鼻を摘まみました。席替えで私の隣の席に決まった子が泣き出したり、私が触ったものからばい菌がうつると言われたり」

真奈は淡々と話す。

「そんな……」

山下公園で出会ったとき、真奈の額に傷痕があったのを思い出した。

「私がくさくて汚いのは事実でした。私は母の着古した大きなTシャツを、毎日ずっと着続けていました。家にいた頃に、洗濯をした記憶は一度もありません。お風呂に入った記憶もほとんどありません」

茜は野菜を切る手を止めた。

ただ黙って頷いた。

「でも幸いなことに、小学三年生からは児童養護施設に入ることができました。偶然アパートの隣の家に民生委員さんが住んでいたことから、その人が心配して力を尽くしてくれたんです。私はとても運が良かったと思います」

「真奈さん、私、その話、ちゃんと聞きたいです。けど、真奈さんに一刻も早く夕ご飯を食べてもらいたいので、料理をしながら聞いてもいいですか?」

「もちろんです。私も、包丁を手にまっすぐにこちらを見られているよりも話しやすいです」

二人で小さく笑い合ってから、真奈に背を向けてまな板に向き直った瞬間、涙が溢れた。

今度はレタスを手に取る。細い千切りにしようとしたけれど、きしめんくらいの幅になってしまった。

「その児童養護施設で初めて洗濯に出会ったんです。べとべとして汚くてくさかった私の服が、石鹼のいい匂いがするふわふわの洗濯物になって洗濯乾燥機から出てきたとき、言葉にできないくらいの喜びを感じました。この服ならばどこへでも行けると思いました。何でもできると思いました。いつしかたくさんの人に、この喜びを感じてもらいたいと心から思うようになったんです」

時々洗濯物を送ってくる児童養護施設は、もしかすると真奈が育った場所だろうか。

キュウリ、トマト、レタス、そしてピザ用チーズを袋から出してお皿に山盛りにした。

「ちゃんと聞いていますよ」

涙を堪(こら)えて茜は言った。

「養護施設を出てからは夜間の専門学校で介護士の資格を取って、馬車道にある介護施設で働きました。転職して訪問ヘルパーになり、訪問先の海老原さんという方に出会ったのがきっかけでヨコハマコインランドリーを始めたんです」

聞き覚えのある名前に、クリーニング高岡での充と真奈の会話を思い出した。

「充先生の大ファンだったというおばあちゃんですか？　自分が着る服のアイロンがけはすべて充先生にお願いしているって人ですよね？」

「ええ、そうです。海老原さんは資産家ですが、身寄りのないご婦人です。今は介護療養型医療施設で二十四時間体制のケアを受けていらっしゃいます。お話をすることは難しいですが、お見舞いに行くとすべてわかっている顔で喜んでくれます」

つまり真奈は、海老原さんという資産家の老婦人から〝大いなる遺産〟として、あのヨコハマコインランドリーを引き継いだということか。

「ご安心ください。成年後見人の弁護士さんの立ち会いのもと、海老原さんの認知能力をじゅうぶんに確認した上で生前贈与の手続きを行っています。私が海老原さんを騙して資産を強奪したわけではありません」

真奈が冗談交じりに笑いながら言う。

「そんなこと少しも思っていませんよ。でも驚きました。そんなことってほんとうにあるんですね。あ、フライパンをお借りします」

「はい、ご自由にどうぞ」

真奈は頷いて続けた。

「茜さんが初めてコインランドリーに来たとき、とても不安そうで、歩き疲れた迷子のように見えました」

「えっ？」

茜は驚いて再び振り返った。

「洗濯が終わって慌てて出ていってしまったときはとても心配したのですが、また戻ってきてくれて嬉しかったです。乾燥を終えた洗濯物に触れたときの茜さんのほっとしたような表情を見たとき、この人にもっと元気になって欲しいと思ったんです」

「じゃあ、私を雇ってくれたのって――」

「フライパン、熱くなっていませんか？」

真奈に言われて、慌ててガスレンジに向き合った。

フライパンでひき肉を炒め始める。味付けは塩コショウだけだ。

美味しそうな匂いに、胸がふわりと温かくなって頬が緩む。

今まで、誰かに料理を作る機会なんてほとんどなかった。自炊もまずしなかった。だから料理はすごく苦手だ。

　大学時代にほんの短い間だけ付き合った人とは、お洒落な話題の店で一緒に食事をするのが楽しかった。けれど、私の手料理を食べて欲しいなんて思ったことは一度もなかった。

　でも今は、野菜を切ってひき肉を炒めただけの至って簡単なこの料理を、心から真奈に食べさせてあげたかった。

「はい、真奈さん、お待たせしました。野菜たっぷりでお肉も食べられて、栄養満点ですよ」

　テーブルの上に、トウモロコシ粉でできた、一見するとクレープ生地のようなトルティーヤ、炒めたひき肉、ざく切りにした野菜、取り分け用のスプーンを添えたチリソースとチーズを置いた。

「タコスですか……」

　真奈が意外そうな顔をした。

　救援物資を何にしようかと必死で考えた。

　真奈はサラダとパンならば食べられると言っていた。ならば少しでも美味しいもの、見た目が華やかで、栄養があって元気になるものを食べさせてあげたいと思った。

考えた末に茜は、横浜中華街にある、世界各国さまざまな国の食材が揃った二十四時間営業の輸入食材店で、トルティーヤとチリソースを買ってきた。タコスの具となる、キュウリ、トマト、レタス、ひき肉、チーズはコンビニで調達したものだ。

「タコスをこんなふうに自分で具を選んで包みながら食べるのは、初めてかもしれません」

真奈が、オーブントースターで温めたトルティーヤの上に野菜を山盛りに置いた。それから炒めたひき肉も、チーズも、さらにチリソースも少々。

「だと思いました。実は私もです。アメリカのドラマでこうやって食べているのを見たんです。手巻き寿司みたいで楽しいですよね」

茜も真奈に負けじとトルティーヤに具を大量に包んで、大きな口を開けて齧った。

ひき肉の脂とチリソースが、実によく合う。熟しきっていない固いトマトに、少々苦みがあるキュウリ、大きさがばらばらなレタス、冷たいチーズも、むしろ本場メキシコっぽい気がする。

真奈と顔を見合わせてタコスを齧ったら、笑顔が零れた。

「茜さんの手料理、とっても美味しいです」

真奈がそう言って、嬉しそうに頷いた。

「これなら、私が作ってもきっと美味しくできると思ったんです。でも、くれぐれも無理しないでくださいね。余ったらそのままサラダにして、明日の朝食にしてください」

「ありがとうございます。これなら食べられます」

真奈がタコスをもう一口齧った。

「実は先日、ヨコハマコインランドリーの前にいた少年を見たときから、昔のことを思い出してしまっていたんです。昨日の夜、頭痛で気弱になって思い出したくないことがまた出てきてしまったのか、それとも思い出が先で頭痛を呼び起こしたのかはわからないのですが」

あの少年――。

岡本さんの〝虐待〟という言葉を思い出す。今はそのことは真奈に伝えないほうがいいだろう。

「今までも、そういうことってありましたか?」

過去を語る真奈はずいぶんと淡々としていた。けれど幼少期にそれほど壮絶な体験をしていれば、ひどいトラウマになっていてもおかしくない。

かつての自分を思い出させるような存在を前にすれば、寝込んでしまうのも仕方がない。

「いいえ、過去の記憶が原因で体調が悪くなったことなんて、これまで一度もありません」

真奈がきっぱり首を横に振った。

「そ、そうですか」

茜は首を傾げた。

「茜さんがいたからかもしれません」

真奈がこめかみを押さえた。

「えっ？　私のせいですか？」

ぎょっとして訊き返した。

「私はずっとひとりだったので。気を許せる人に出会って、緊張が緩んでしまったのかもしれません」

真奈はまたタコスを齧って、「美味しいです」と涙交じりの声で言った。

8

次の日は薄曇りのすっきりしない天気だった。出勤途中に洗濯物をあずけていくお客さんの対応が落ち着いた頃、大塚が飛び込んできた。

「表の貼り紙、見たよ。真奈さん、何かあったの？」

大塚は、いつもここへ来るときと同じお洒落れでスポーティーな格好をしていた。けれどどこかが違う。顔の印象がぼんやりして見えた。

「あ、おはようございます。大塚さん、お久しぶりです。なんか雰囲気が違いますね」

茜が言った瞬間、大塚が気まずそうに髪に手をやった。

――あ、そうか。今日は髪の毛をセットしていないんだ。

毎朝念入りにセットすることを前提にカットされた大塚の髪は、サラリーマンにしては少々長い。セットをしていない後頭部が、こんもりして中高生男子っぽい。

年を重ねると、身だしなみに関しては服装よりも髪型のほうが大事なんだなあ、と茜は思った。

「真奈さんは体調不良でお休みです」

「体調不良⁉ 真奈さんが体調不良で仕事を休むなんてありえないでしょう⁉ それってつまり、入院レベルってことだよね？ 容態はかなり悪いの？」

大塚の悲鳴のように大きな声に、思わず茜は顔を顰めた。

「真奈さんだって普通の人間です。入院レベルの体調不良でなくても、具合が悪いと思えばお休みします」

「え？ そうなんだ。じゃあ風邪ひいただけってこと？ なんだか真奈さんのイメージと合わないなあ」

真奈さんに勝手に幻想と願望を押し付けないでください、と続けそうになって、茜は自分だって同じだと気付く。

週に六日、いつも朝の六時から夜の十時まで元気いっぱいに働き続けていた真奈。真奈さんは私とは違って何でもできる人だから、こんな働き方だってできると思っていた。けれど、たとえどんなに好きなことを仕事にしているといっても、そんなハードな生活をしていれば体調を崩さないほうが変だ。

「真奈さんも、毛布なんて大きな忘れ物をしていくなんて、大塚さんのイメージに合わないですねって言っていましたよ」

「それは……」

大塚が急に決まり悪そうな顔をした。

「今度からは、忘れ物に気付いたらすぐに取りに来てくださいね」

バックヤードに入って戻ってきた茜は、そう言って大きな紙袋を差し出した。

「……はい、ごめんなさい」

「そういえばこれ、まだ洗っていませんでしたね。洗濯していきますよね？」

「はい、そうさせてもらいます」

大塚はしょんぼりした顔で紙袋を受け取った。

「茜ちゃん、あのさ」

「コーヒーですか？」

「うん、コーヒーもお願い」

「少々お待ちくださいね」

コーヒーを受け取った大塚はカウンターテーブルに座る。

「あれ？　今日は、お仕事はいいんですか？」

普段の大塚なら、アップルマークのノートパソコンを広げているはずだ。

「いや、今日はテレワークじゃなくて有休を取ってゆっくりするつもりだったんだよね。

ってか、このところちょくちょく休みを取っててさ」

大塚はちらちらと何か訊いて欲しそうにこちらを見る。

「そうですか。それじゃあごゆっくり」

「ねえ、茜ちゃん、最近どうしてここに来なかったんですか、って訊いてよ」

ついに大塚が悲痛な声を上げた。

「ああ、そういえばそうでしたね。最近どうしてここに来なかったんですか?」

「そんなあ。ぜんぜん興味ないでしょ」

「ここのところ、いろんなことがあって忙しかったんです。それに大塚さんがここへ来なくなったのは、きっと前の奥さんからの電話が原因なんじゃないかと。そんなプライベートなこと、普通訊くもんじゃないでしょ」

「…………」

やはり図星だったようだ。

「元嫁のことはもうさっぱり割り切ってるんだけどさ、子供のことが思ったよりダメージデカかったんだよね。俺が毎月払っていた養育費って、結構高額だったんだよ。なのに再婚するからもう養育費はいらないって言われちゃったらさ。つまりその再婚相手って、俺より金があるのかなとか、仕事できるのかなとか考えていたら眠れなくなっちゃって……」

大塚が額に掌を当てた。

「そこですか？　なんかポイントが思いっきりずれている気がするんですが」

「だって俺、たくさん働いてたくさん稼ぐことで、父親としての務めを果たしていたつもりだったんだよ。育児とか苦手だからさ」

「育児とか苦手ってその発言、子供がいない私でも腹が立つからやめたほうがいいですよ。もしかして、前の奥さんの前でも言ってました？」

「え？　うん、普通に」

大塚はきょとんとしている。

「前の奥さんってフルタイムで仕事をしていたんですよね？」

「うん」

「それで、家事も育児もしていたんですよね？」

「そうだよ。母親だからね」

「じゃあ、大塚さんよりずっと有能ですね。大塚さんはいらないですよ。そんな有能な奥さんが選んだ新しい男性は、きっと仕事も家庭もどちらも大事にできるキャパの大きい素敵な人なんでしょうね」

言いすぎた。大塚が今にも泣き出しそうな顔になっている。

「すみません、ちょっといいですか？」

自動ドアが開いたと同時に、切迫した声が聞こえた。

「あ、岡本さん」

汗まみれのポロシャツ姿の岡本さんが飛び込んできた。

「先日の男の子を見かけませんでしたか？　彼、山下(やました)中学の一年生でした。ついさっき、そこの大通りで目撃されたんです」

時計に目を走らせる。もうすぐ十時だ。

「いえ、見ていませんが。何かあったんですか？」

岡本さんは不穏な表情だ。

昨夜の真奈の告白が胸を過る。

「今朝、自宅で母親と深刻なトラブルになって、家を飛び出したまま行方(ゆくえ)がわからなくなったんです」

「そんな、行方がわからないって……」

茜の声が震えた。岡本さんのわざと口を濁すような言い方に、何かとんでもないことが起きたに違いないとわかった。

ランドリーの前でしゃがみ込んでいた、オーバーサイズの服のシルエットを思い出す。

あのとき、もっと優しく声を掛ければよかった。

寒いから中に入る？　と訊いてあげればよかった。

あの子は深刻な事情を抱えていたはずだ。それもきっと限界だったはずだ。

店の雰囲気が悪くなる、ゴミを散らかされては困る、なんてこちらの事情しか考えられなかった。

「横浜駅西口のライドに行こうとしてるんじゃないですか？　この界隈で中坊（ちゅうぼう）がいなくなったら、基本みんなあそこで発見されてますよ。それに、この時間からやっているのはあそこくらいだし」

大塚が割り込んだ。

「ライド？　ゲームセンターですか？」

茜は思わず訊き返した。

前の職場のすぐ近くにある、川に面したまるで要塞のようなゲームセンターだ。

地下一階はプリクラ、一階はクレーンゲーム、二階以上はアーケードゲームと階ごとにジャンルが決まっていて、常に若者で溢れ返っていた。

「中学生がこの時間にゲームセンターになんか行ったら、あっという間に補導されますよ。もっと誰にも見つからないような場所にいるんじゃないですか？」

茜は反論する。

「でも、中学一年生なんてまだまだ子供でしょ？　隠れる場所なんてたかが知れてるよ」

大塚の言葉に、はっとする。

「それに、その子って今、たいへんなことをしちゃったって思ってるんでしょ。俺が中一で、それもすごくしんどい状況だったら、最後に全財産をはたいてゲームをやりたいと思うんだよね」

大塚が険しい顔をして言った。もしかしたら、自分の子供たちのことを思い浮かべているのかもしれない。

「無駄足になってもいいんで、俺、行ってきますよ。もし見つかったら、連絡します」

そう言って大塚が立ち上がる。

「私も行きます。大塚さん、男の子の顔知らないですよね？」

茜も思わず声を上げた。

9

結局、岡本さんの車に同乗して横浜駅西口に向かうことになった。

後部座席で真奈に事情を知らせるLINEを打った。洗濯代行サービスのお休みを知らせる貼り紙の上に、スタッフ不在の旨を書いたものを貼る。

大通りに面したラーメン店がいくつも並ぶエリアが近づいてきたら、茜の胸の中にもやもやしたものが広がった。

そこには見覚えのあるサンシャイン不動産の看板があった。

今は、少年を捜すことが最優先だ。昔のことなんて思い出している場合じゃない。

そうわかっているのに、息が浅くなって眉間に皺が寄ってしまう。

「ここ、サンシャイン不動産ですよね。あのときは中島さんにはお世話になりました」

岡本さんが張り詰めた車内の雰囲気を解すように言った。

「ええ、ご利用ありがとうございました」

助手席に座る大塚がバックミラー越しにちらりとこちらを見たので、わざとそっぽを向いた。

「中島さん、あのとき、ネットにも出ていなかったオススメ物件を教えてくれたんですよね」

茜は身を強張らせた。

ほんとうはネットに出してもろくに問い合わせが来ないとわかっていたので、掲載を後回しにしていた物件だった。

「僕、中島さんにとても感謝しているんですよ。今の部屋に引っ越してほんとうに良かったです。ありがとうございます」

「えっ？」

茜は耳を疑った。

「覚えてます？　僕、とにかく日当たりが良い部屋にしてください、他には特に条件はありませんって言ったんですよ」

「覚えています。他に条件がないって仰ったので、ほんとうに驚きました」

だから駅からうんと遠くて狭くて、築年数が古く、エレベーターもない、それなのに大家さんが強気でそこまで家賃が安いわけでもない、不人気物件を押し付けたのだ。

「今の部屋、完全に南向きで周囲も一戸建てばかりだから、ありえないくらい日当たりがいいんです。毎朝、カーテンを開けると、ばーんって音がするくらいの日差しが押し寄せてきます。落ち込んでいても、憂鬱（ゆううつ）な気持ちになんてなっている場合じゃないって思わせてくれるくらい明るい部屋です。僕が思い切って転職できたのも、きっとあの部屋のおかげなんです。ほんとうにありがとうございました」

茜は、運転をする岡本さんの後ろ姿をじっと見た。

「……お礼なんて言わないでください」

声が掠（かす）れた。

「でも、それを伺ってほっとしました。私こそ、ありがとうございます」

どうにかそれだけ言ったら、またバックミラー越しに大塚と目が合った。顔を見られたくなくてそっぽを向く。

「あれ？　すみません、今、路肩に停められそうですか？」

大塚が怪訝そうな声で言った。

ライドはもう少し先だ。

「え？　は、はい」

岡本さんが慌ててウインカーを出す。

大塚が勢いよく振り返った。

「茜ちゃん、そこの駐車場にいる子。あれって捜している子じゃない？」

大塚の視線の先を辿ると、ビルとビルの谷間の小さな駐車場で、自動販売機を見上げている少年の姿があった。

カーキ色の大きなTシャツにだぶだぶのパンツ。よく見るとTシャツは、首のところが伸びきってずいぶん汚れていた。

「あの子です！」

車が停まった瞬間に大塚が飛び出した。

「大塚さん、駄目ですよ。強面のオジサンが急に行ったら驚かせちゃいますよ。ここは岡本さんか、私が……」

慌てて声を掛けたが、大塚はものすごく足が速い。

岡本さんが車のサイドブレーキを引いたりエンジンを止めたりと手間取っているうちに、大塚は自動販売機の前の少年に駆け寄る。

大塚の姿に気付いた少年が、はっとしたように身構えた。左右どちらに逃げるか一瞬迷った隙に、大塚がその腕を掴んだ。

「待て、待てって！」

少年が渾身の力で大塚の手を振り払おうと暴れた。

靴を履いて身長がちょうど一八〇センチの大塚と並ぶと、頭二つ分小さい少年は険しい顔をしてもまだまだ子供だ。

「大塚さん、怖がらせないでください！」

茜も車を降りると、全力で走った。

二人が揉み合った末、少年が急にぐったりと動かなくなった。

「ちょっと、大塚さん⁉　何したんですか？　手を離してあげてください！」

茜が駆け寄ったそのとき、えっと思った。

大塚が少年をまるで幼子のように抱き上げていた。

「お前、何やってんだよ……」

少年の顔は見えない。けれど全身から力が抜けていた。

「……お知り合い、でしたか？」

「いや、ぜんぜん。初対面」

大塚が泣き笑いのような顔をした。

少年はまるで魂（たましい）が抜けてしまったかのように微動だにしない。

何が起きているのかわからないけれど、死んだふりをしてとにかくこの場をやり過ごそうとしている小動物のようだ。

「谷口（たにぐち）くん、谷口翔（しょう）くんだね？」

車を路肩に停めた岡本さんが息を切らせながら近づいて訊くと、少年は顔を伏せたまま身を縮ませた。

10

帰りは助手席に茜が、後部座席に大塚と翔が座った。

「お母さんは無事だよ。傷口を何針か縫ったけれど、入院の必要もなくすぐに病院から帰ることができたみたい」

ハンドルを握った岡本さんが優しい口調で言った。

岡本さんと翔の会話から、酔っぱらって朝帰りをした母親と口論になり、翔が弾みで暴力を振るってしまったのだとわかった。

暴力は絶対にいけないことだ。それも母親に何針か縫うような怪我をさせるなんて、とんでもない不良少年だ。

だが、翔が抱えているものがそれほど単純で、軽いものではないことはわかっていた。

翔は鋭い目をした少年だ。生まれつきなのか、それとも栄養状態が悪いのか、とても痩せていた。

翔は睨むように岡本さんのほうを見てから、すぐにどうでも良さそうに視線を逸らした。

十五分ほどでヨコハマコインランドリーに到着し、岡本さんが店の前に車を停める。

「それじゃあ、お二人とも、今日はありがとうございました。翔くんは一旦こちらで預かります。お母さんも昼頃までには事務所のほうに迎えに来てくれるとのことでしたので、今後のことは相談します」

「嫌だ。行かない」

翔が低い声で言った。

「怖がらなくても大丈夫だよ。僕たちは君の今の状況を把握して、助けたいんだ」

岡本さんが人の好さそうな顔で翔を覗き込む。

「怖がっていない。助けなんていらない」

翔が硬い口調で言った。

岡本さんが一瞬黙ったそのとき、大塚が割って入った。

「腹減ったよな。どうせ朝から何も喰ってねえだろ？」

少年の脂っぽい髪をごしごしと撫でた。

「岡本さん、僕ら、ここでこの子に何か食べさせて、ちょっと休憩してからタクシーで連れて行きますよ。昼前にはそちらに連れて行くんで、場所を教えてください」

大塚がまるで自分の店のような口調で、店内を指さした。

「え、でも、そういうわけには……」

岡本さんは困惑した様子だ。

「……昼頃」

ふいに翔が口を開いた。

「あ、そうだな、お母さん、昼前じゃなくて〝昼頃〟に迎えに来てくれるんだったよな？　じゃあ、事務所に送っていくのは昼頃でいいな」

大塚が不思議そうな顔をしつつも、言い直した。

「……昼頃って言ったら、夕方だよ。あいつ、時間守ったことねえもん」

翔が冷たい目で呟いた。

11

「おかえりなさい」

カウンターの向こうに真奈がいた。顔色はまだ良くない。

「真奈さん、大丈夫ですか？　寝てなくちゃ駄目ですよ」

茜は慌てて駆け寄った。

「病院に行ったついでに寄っただけです」

「病院どうでした？」

「偏頭痛に効く強い薬をもらいました。最近出た新しい薬で、とてもよく効くそうです」

「まだ薬、飲んでいないんですか？」

「ええ、空腹時に飲むと胃が荒れると言われたので」

「じゃあ、早く何か食べましょう！　実はこの子も、朝から何も食べていないのでお腹が減っているんです。何か買ってきてあげようと思っていたところなので、真奈さんの分も……」

「そうだと思ってお弁当を買ってきました。茜さんと、大塚さん、もちろんあなたの分もあります」

真奈が少年に向かって微笑んだ。茜から少年が見つかり店に戻るという連絡を受けて、買ってきてくれたのだ。

「お弁当？　まだ具合が悪いのに、わざわざ買いに行ってくれたんですか？」

「中華街で買った崎陽軒のシウマイ弁当です。皆さん、バックヤードへどうぞ」

バックヤードの作業台の上には、シンプルな生成りのテーブルクロスが敷かれていた。

真ん中に、ビニール袋に入った四角いお弁当とペットボトルのお茶が置いてある。

「各自、お弁当とお茶をひとつずつ取ってください」

「まるで新幹線の中って感じだね。出張の味だ」

大塚が嬉しそうに言って、「ほらよ」と翔の分のお弁当とお茶を渡した。

崎陽軒のシウマイ弁当は黄色い派手な包み紙の中央に、地球を思わせる青い大きな円と赤い龍が描かれている。微かに山吹色がかった黄色と、朱色というほうが近いような赤、それに明るく鮮やかな海のような青の色使いが、すごく中華街っぽい。

「いただきます」

蓋を開けるとその色鮮やかな〝絶景〟に息を呑んだ。

俵型のおにぎりを並べたようなご飯の上には黒胡麻が掛かっていて、真ん中にはいかにも酸っぱそうな緑色の小梅が載っている。

仕切りを挟んで、シュウマイ、から揚げ、ピンクのかまぼこ、黄色い卵焼き、タケノコの煮つけ、魚の漬け焼、切り昆布、千切りしょうが、それに干し杏と、これでもかというくらいのおかずが詰められている。

シュウマイをひとつ食べる。醬油を付けるのを忘れていたのに、すごく味が濃厚で美味しい。

次にご飯、それから甘い卵焼き、甘辛く煮付けたタケノコを食べる。

どれも冷めているのに、かえって味が深く美味しく感じるのは不思議だ。

皆、黙々と箸を運び、あっという間にぺろりと平らげた。

「シュウマイ弁当って初めて食べました。こんなに美味しいものなんですね」

ペットボトルのお茶も、いつもより香り深く感じる。

「茜さん、崎陽軒のこのお弁当は、シュウマイ弁当ではなく〝シウマイ弁当〟ですよ」

真奈が得意げに言ってから、

「私の夢のお弁当です」

と続けた。

「私は母にお弁当を作ってもらったことが一度もありませんでした。母は私に一切興味のない人でしたので」

翔がぎょっとしたように顔を上げた。

「給食がない日は、いつもコンビニでパンを買って持って行っていたんです。だから、大人になってこのシウマイ弁当を初めて見たときに、わあ！　と声を上げてしまいそうなくらい心が躍りました。これぞ私が夢に見たお弁当でした。それからは、ここぞというときは、必ずこのシウマイ弁当をお昼に食べると決めています」

真奈が翔に向き合った。

「今は辛いかもしれません。でもずっとは続きません。もっと大きくなれば、自分の力で幸せなこと、好きなことを選んで生きることができます」

翔が睨むような強い目でじっと真奈を見つめた。

「その服、洗ってみませんか？」

真奈が、微かに血の跡がついたカーキ色のTシャツに目を向けた。

「代わりに私のものですが、新しいTシャツを持ってきました。クローゼットで長年〝デビュー〟の日を待っていた大事なTシャツですが、きっとこの日を待っていたんだと思います。下着とジャージのパンツは新山下（しんやました）のドン・キホーテで買ってきました。サイズが合わなかったらごめんなさい」

真奈がバックヤードから持ってきた黒いTシャツには、《METALLICA》と書いてあった。

「メタリカ……」

思わず茜は呟いた。

速弾（はやび）きギターと激しいドラムの音に叫ぶようなボーカル、観客の猛烈なヘッドバンギングで有名な、アメリカのヘヴィメタルバンドの名前だ。

Tシャツにはバンド名の他に、包帯でぐるぐる巻きになった真っ赤なガイコツが、灰色の地球に齧りつこうとしているイラストがプリントされている。

「〝Madly in Anger with the World Tour〟のワールドツアーに行ったとき、自分へのお土産に買ったんです。たしか二〇〇四年です」

　真奈がイラストの横に描いてあった《Madly in Anger with the World Tour》という言葉を指さした。

「……二〇〇四年って、俺、まだ生まれてない」

　翔が呟いた。

「〝Madly in Anger〟ってどういう意味かわかります？」

　翔が首を傾げた。

「怒り狂っている、です。当時二十歳になったばかりだった私は、十年ぶりに会った母に騙されて借金を肩代わりさせられたところでした。ライブに行ったときは、このライブの思い出に、絶対にこのTシャツを買わなくちゃいけないという精神状態で生きていたんです。ですがなかなか奇抜なデザインでしたので、結局、私は着られませんでした」

　真奈が肩を竦めて笑った。

「翔くん、あなたにあげます。レディースのMサイズですが、きっと今の翔くんならサイズもぴったりだと思います。身体が成長するまでのあとほんの少しの間、あのときの私の代わりに〝怒り狂っている〟Tシャツを着てください」

真奈がTシャツを差し出すと、翔は「グロイTシャツ」と苦笑いを浮かべたが、しっかり受け取った。

メタリカの赤いドクロTシャツに着替えた翔が、洗濯乾燥機のガラスドアを開けて元々着ていた服を入れた。

けれどコイン投入口に目を向けて絶望的な顔をする。

ふいに、背を丸めて自動販売機を見上げていた翔の姿を思い出す。七百円なんて大金を翔が持っているはずがないのだ。

「あのさ、俺のと一緒に洗わない？」

大塚が気軽な口調で口を挟んだ。

「そんなちょびっとだけ洗うのに七百円払うのとか、もったいないじゃん。俺、どっちにしてもこの毛布洗わなくちゃいけないから、一緒に洗ってやるよ」

大塚が翔の答えを待たずに、カウンターテーブルの上に置いてあった紙袋から毛布を取り出した。

「はい、どいたどいた」

困惑している様子の翔を追い払って、毛布をドラムの中にぎゅっと押し込む。

「何？　オッサンの毛布と一緒に洗うの嫌だ？」

「……金払ってくれるならいいよ」

「正直だな。ガキの特権だ」

大塚が翔の頭を乱暴に撫でた。

「じゃ、行くよ」

大塚が投入口に百円玉を次々に入れた。

七枚目を入れ、スタートボタンを押した瞬間に、機械が動き出す。

熱帯雨林のスコールのように、猛烈な勢いで水が降り注ぐ。洗剤の泡が湧き上がる。

「……すげえ」

翔が呟いた。目を輝かせてドラムの中を覗き込む。

「……泡、真っ黒になってる。俺の服って、こんなに汚かったんだ」

翔が指さした泡は、確かに灰色だ。

「違います。これはきっと、このグレーの毛布の色落ちです。いくら汚れた服を洗ったとしても、泥だらけでもなければさすがにこの色の泡にはなりません。翔くんの服は黒っぽいのできっと色移りは気にならないと思いますので、安心してください」

真奈が翔に微笑みながら言った。

「じゃ、汚いのってあんたの毛布ってこと？」

翔が大塚を見上げた。目が笑っていた。

「汚くねえよ。話、聞いてたのか？　色落ちだって言ってただろう？」

大塚が一瞬慌てて真奈のほうを見て、翔の頭をぴしゃりと叩いた。

「けど、この毛布、今までちゃんと洗ったことないんでしょ？」

翔の突っ込みに大塚が、うっと詰まった。

「……確かにな。毛布が水洗いできるって、ここに来てから知ったんだよ」

「じゃあこれ、一度も洗ったことがないんだ。きったねえ」

翔がわざと顔を顰めてみせた。

「お、お前、七百円払わせるぞ」

「嫌だ。金ねえし」

翔が、ひひっと笑った。

「洗い上がりが楽しみですね」

真奈が言うと、翔は「見てていい？」とにんまり笑って機械の前にしゃがみ込んだ。

ドラムの中を、グレーの巨大な毛布がうねるように回る。そしてときどき、翔の着ていた服が視界を過る。

そのまま翔は乾燥が終わるまで、そこを動かなかった。

一時間後、ふわふわに仕上がった毛布と、汚れがさっぱり落ちて微かに石鹸のいい匂いがするＴシャツとパンツが洗い上がった。

「お前、これに着替えていけ。今日はメタリカＴシャツでＮＰＯの事務所に登場するのはやめておきな。大人の世界は第一印象が大事だからな」

大塚は慣れた様子で翔にてきぱき命じて、着替えさせた。

「それじゃあ真奈さん、シウマイ弁当ご馳走さまでした。はいっ、お前もお礼を言う！」

ヨコハマコインランドリーの前にタクシーが停まっていた。いつの間にか大塚が呼んでいたらしい。

「……ごちそうさま」

「どういたしまして。また遊びに来てくださいね。中学生にコーヒーはまだ早いかもしれないですが、お水だったらいくらでもお出ししますので、気軽に飲みに来てください」

真奈が翔ににこやかに手を振った。

きっと、翔に伝えたいことや、やってあげたいことがたくさんあるのに違いない。

拍子抜けするくらい軽く見送る真奈。その距離の取り方に、かえって、かつて真奈が翔と同じような体験をしていたのだと改めて感じた。

「大塚さんも、今日は大活躍でしたね。気力体力が回復されましたら、ぜひまたのご利用をお待ちしています」

「気力体力が回復されましたら、って……」

大塚は真奈の言葉に苦笑した。

「ちょっとそこで待ってな。大人の話があるから」

翔に言って、こちらに駆け寄った。

「ここから先は岡本さんの団体に任せますよ。きっとあの人なら、適切なサポートをしてくれると思うんで」

大塚が優しい目で翔を振り返った。

「それがいいと思います。大塚さんには、翔くんよりも先に、ほんとうに向き合わなくてはいけない人たちがいますものね」

真奈があっさりと言った。

「…………」

大塚が呆気に取られた顔で真奈を見る。

「大塚さんのことが少しわかりました。大塚さんは、きっといいお父さんになりたかったんですね」

真奈の言葉に、ふいに大塚は下を向く。

「俺、ずっと、どうしたらいいのかわかんなかったんですよね。育児とか、家庭とか、きっと向いてなかったんだと思う」

大塚が洟をぐずりと鳴らした。

「でも、ほんとうは」

真奈がきっぱりと首を横に振った。

「ほんとうはいいお父さんになりたかったってことは、ちゃんと伝えてあげるべきだと思います。元奥さんにも、それに子供たちにも。大塚さんは家族を愛することができなかったダメな人なんじゃなくて、愛情を伝えるのが〝下手な人〟だったんです」

「……俺って、〝下手な人〟だったんだ」

大塚が苦笑いで繰り返した。

「ええ。でも自覚とやる気があれば、今からでも少しずつ克服できると思います。子供たちにとってほんとうのお父さんは大塚さんだけなんですから、いつでも頼れる存在になってあげてください」

真奈が大塚を勇気づけるように覗き込むと、すぐに大塚の背後の翔に目を向ける。

「さあ、翔くんが待っていますよ。気を付けていってらっしゃい」

大塚の背を押すようにして送り出す。

「大塚さん、いつも嫌みっぽく話していたのは、実は強がってたんですね。それにしても真奈さん、ど直球でしたね。大塚さん、今頃へこんでますよ」

大塚と翔がタクシーに乗り込む背を眺めながら、茜は言った。

「大塚さんに元気になってもらいたかったんです。それに、私が彼に恋愛感情があると勘違いさせたくなかったんです」

しれっと答える真奈に、茜はぷっと笑った。

「あそこまではっきり言えちゃうのはすごいです。あ、そういえば、真奈さん、頭痛はどうですか?」

「おかげさまで治りました。さっき飲んだ新しい薬、お医者さんが言ったとおりの効き目でした。ご心配おかけしてすみませんでした。この世界は少しずつ良くなっていますね」

「あまり無理しないでくださいね。いざというときは私に頼ってくださいね。ってまだまだですが」

「ありがとうございます。これからは体調管理を徹底します。私は働きすぎでした」

真奈が神妙な顔をした。

「自分の夢が叶ったのが嬉しくて、やりたいことに夢中で、自分の身体を休ませることをすっかり忘れていました」

「あの、そのことなんですが……」

茜は恐る恐る言った。

「私、クリーニング師の資格を取ろうと思うんです。洗濯について学んで、洗濯代行の、洗って乾かして畳んでまで、全作業のお手伝いもできるようになりたいんです。私が洗濯のプロフェッショナルを目指せば、真奈さんももっと休めるようになりますよね？」

真奈が目を見開いた。

「将来のことがきちんと見えているわけじゃないんです。きっとまだまだ、これからどうしようってたくさん悩むと思います。でももうしばらくここで、この仕事を頑張ってみたいんです。頑張って資格を取って、そうしたらきっと……」

胸にゴールデンレトリバーのネネちゃんの顔が、そして両親の顔が浮かんだ。

――みんなを心配させたくない。茜はこれから大丈夫だろうか、なんて深刻に思われたくない。

そんな想いは前と変わらない。

けれども一生懸命勉強してアイロンがけの練習をして、クリーニング師の資格を取って、自分に自信が持てるようになれば、きっと北海道のネネちゃんに会いに行くことができる気がする。

いや、きっと、岡本さんみたいに少し笑って、いろいろあって転職したんだ、と両親に伝えることができるはずだ。

なるべく目立たないようにと丸めていた背中を伸ばすと、いつもいる場所が少しだけ輝いて見えるような気がした。

「資格を取るというのは、とてもいい考えだと思います。将来のための勉強に没頭すると、余計な悩み事が減りますし、いずれは自分がほんとうに進むべき道も見えるはずです」

真奈は茜をまっすぐに見て頷いた。ぜひ一緒にヨコハマコインランドリーを盛り立てていこう、なんて言わずに、どこかクールな真奈のこの気遣いが心地良い。

「はいっ！」

「そして茜さんに洗濯代行を手伝っていただければ、私はとても助かります。受験対策は、いくらでもサポートしますね。あっ、でも」

真奈が言葉を切った。

「茜さんには充先生がいましたね。せっかくなのでその目標を持ったのを機に、充先生ともっと仲良くなってくださいね」

「ええっ、どういうことですか？」

焦って訊き返す。

「そのとおりの意味です。充先生と話しているときの茜さんは、とても楽しそうなので」

「そ、そうですか？　自分ではちっともそんなこと気付きませんでした。でも、ほんとうに決して、そんな理由でクリーニング師を目指そうとしているなんてわけじゃないですからね。信じてください！」

茜は、急に頰が熱くなった。

真奈は、「もちろん、そんなふうには思っていませんよ」と口では言いながら、含み笑いをしている。

ふいに自動ドアが開く音がした。

昼下がりの日差しが注ぐヨコハマコインランドリーに、洗濯物で膨らんだ大きなボストンバッグを抱えた人が入ってくる。

「こんにちは。何かお手伝いできることはありますか？」

二人で声を揃えた。

本書を執筆するにあたり、洗濯文化研究所さんにご協力いただきました。この場を借りて、心より御礼を申し上げます。

この作品は書下ろしです。また本書はフィクションであり、登場する人物、および団体名は、実在するものといっさい関係ありません。

横浜コインランドリー

一〇〇字書評

切り取り線

購買動機（新聞、雑誌名を記入するか、あるいは○をつけてください）

☐（　　　　　　　　　　　　　）の広告を見て
☐（　　　　　　　　　　　　　）の書評を見て
☐ 知人のすすめで　　☐ タイトルに惹かれて
☐ カバーが良かったから　　☐ 内容が面白そうだから
☐ 好きな作家だから　　☐ 好きな分野の本だから

・最近、最も感銘を受けた作品名をお書き下さい

・あなたのお好きな作家名をお書き下さい

・その他、ご要望がありましたらお書き下さい

住所	〒				
氏名		職業		年齢	
Eメール	※携帯には配信できません	新刊情報等のメール配信を 希望する・しない			

この本の感想を、編集部までお寄せいただけたらありがたく存じます。今後の企画の参考にさせていただきます。Eメールでも結構です。

いただいた「一〇〇字書評」は、新聞・雑誌等に紹介させていただくことがあります。その場合はお礼として特製図書カードを差し上げます。

前ページの原稿用紙に書評をお書きの上、切り取り、左記までお送り下さい。宛先の住所は不要です。

なお、ご記入いただいたお名前、ご住所等は、書評紹介の事前了解、謝礼のお届けのためだけに利用し、そのほかの目的のために利用することはありません。

〒一〇一－八七〇一
祥伝社文庫編集長　清水寿明
電話　〇三（三二六五）二〇八〇

祥伝社ホームページの「ブックレビュー」からも、書き込めます。
www.shodensha.co.jp/bookreview

祥伝社文庫

横浜（よこはま）コインランドリー

令和 5 年11月20日　初版第 1 刷発行
令和 6 年12月15日　　　第 4 刷発行

著　者　泉（いずみ）ゆたか
発行者　辻　浩明
発行所　祥伝社（しょうでんしゃ）
東京都千代田区神田神保町 3-3
〒101-8701
電話　03（3265）2081（販売）
電話　03（3265）2080（編集）
電話　03（3265）3622（製作）
www.shodensha.co.jp

印刷所　萩原印刷
製本所　ナショナル製本
カバーフォーマットデザイン　芥　陽子

Printed in Japan ©2023, Yutaka Izumi　ISBN978-4-396-35023-9 C0193

祥伝社文庫の好評既刊

祥伝社文庫の好評既刊

小野寺史宜　まち

幼い頃、両親を火事で亡くした瞬一は、高校卒業後祖父の助言で東京へ。下町を舞台に描かれる心温まる物語。

大木亜希子　人生に詰んだ元アイドルは、赤の他人のおっさんと住む選択をした

アラサーの元アイドルとバツイチ中年おやじが同居!? 恋愛や将来の不安を赤裸々に綴った悩める女子物語。

垣谷美雨　農ガール、農ライフ

職なし、家なし、彼氏なし――。どん底女、農業始めました。一歩踏み出す勇気をくれる、再出発応援小説！

垣谷美雨　定年オヤジ改造計画

鈍感すぎる男たち。変わらなきゃ、長い老後に居場所なし！　長寿時代を生き抜くための〝定年小説〟新バイブル！

小池真理子　会いたかった人

中学時代の無二の親友と二十五年ぶりに再会……。喜びも束の間、その直後からなんとも言えない不安と恐怖が。

小池真理子　追いつめられて

優美には他人には言えない愉しみがあった。それは「万引」。ある日、いつにない極度の緊張と恐怖を感じ……。

祥伝社文庫の好評既刊

中山七里
ヒポクラテスの悔恨
「一人だけ殺す。絶対に自然死にしか見えないかたちで」光崎教授に犯行予告が。犯人との間になにか因縁が？

原田ひ香
ランチ酒
バツイチ、アラサーの犬森祥子。唯一の贅沢は夜勤明けの「ランチ酒」。疲れを癒す人間ドラマ×グルメ小説。

原田ひ香
ランチ酒 おかわり日和
犬森祥子が「見守り屋」の仕事を始めて約一年。半年ぶりに元夫と暮らす小三の娘に会いに行くが……。

松嶋智左
黒バイ捜査隊 巡査部長・野路明良
不審車両から極めて精巧な偽造免許証が見つかった。運転免許センターに異動した野路明良が調べ始めると……。

松嶋智左
出署拒否 巡査部長・野路明良
辞表を出すか、事件を調べるか。クビ寸前の引きこもり新人警官と元白バイ隊エース野路が密かに殺人事件を追う。

矢樹　純
夫の骨
結末に明かされる九つの意外な真相が不器用で、いびつで、時に頼りない、現代の〝家族〟を鋭くえぐり出す！

祥伝社文庫の好評既刊